一分咲

Illust.
八美☆わん

顔だけ聖女なのに、死に戻ったら冷酷だった公爵様の本音が甘すぎます！

2

聖女
リーナ
獣人が多く暮らす隣国・
フリード国の闇属性持ち聖女。
うさぎの獣人。
スレヴィを国外追放したが
何か事情が
あるようで…？
ルシアン
・クラルティ
公爵位を持つオリオール
王国・第二王子。
エステルへの気持ちが
本人にだだ漏れになる
呪いにかかっている。

スレヴィ
フリード国の
第五王子。
狼の獣人。
エステル
・シャルリエ
王都のはずれで
カフェを営む
闇魔法を使う聖女。
ルシアンの婚約者。

「エステル。
オリオール王国に戻ったら、
今度こそ本当に俺と
結婚してくれるか」
「……はい。私、幸せです」

顔だけ聖女なのに、死に戻ったら冷酷だった公爵様の本音が甘すぎます！

2

一分咲

Ill. 八美☆わん

Kaodake Seijo nanoni
shinimodottara reikoku datta Koushakusama
no Honne ga amasugimasu!

Kaodake Seijo nanoni shinimodottara

reikoku datta

Koushakusama no Honne ga amasugimasu!

Contents

プロローグ

かつて存在した名高い聖女たちによって支えられ、繁栄するオリオール王国。

その王国の第二王子、ルシアン・クラルティは今日も残念な呪いに侵されていた。

「……エステルがかわいすぎる……」

「目が覚めていきなりそれかよ。お前、一体どんな夢を見たんだ？　……んにゃ、やっぱ聞くのやめとくわ、目覚めのミルクが不味くなりそうだもんな」

朝目覚めてすぐ、ベッドの上で顔を両手で覆っていたルシアンは、使い魔の黒猫・クロードを睨む。

どうやら、クロードも出窓のクッションの上で目覚めたばかりのようだ。

普段、エステルのカフェに泊まり込んで彼女を守っているはずなのに、なぜ今日はここにいるのか。

寝起きで、夢の中のかわいい婚約者のことしか思い出せないルシアンはめちゃくちゃな理論を突きつける。

「どうしてお前がここにいるんだ？　エステルのカフェの護衛として泊まり込んでるはずだろう？　いくら使い魔でもエステルの寝顔を見るなんて許せないな」

「王子様前半と後半で言ってることが矛盾してる！　大体、昨日ルシアンがあのカフェにとんでもない結界張ったんじゃん！　だから闇聖女が今夜は護衛はいらないから王城に帰れって！　うわっどっちにしても怒られるオレ!?　パワハラ！　理不尽！」

ぎゃんぎゃん騒いでいる自分の使い魔がうるさすぎる。

「こんな騒ぎ声を聞いている時間があるのなら、エステルに会いにいくか……」

頭を抱えつつ冗談でつぶやいたら、ちょっと本気になってしまった。

今から会いに行ったら、執務が始まる時間までに戻ってこられるだろうか。

………。

「よし行くか」

侍従がやってくるのを待たずに、ルシアンは着替えを始めた。

この体になってからというもの、朝目覚めてから執務が始まる時間までに王城を抜け出して婚約者の顔を見に行ったことは一度や二度ではない。

ある意味日常だ。問題ないだろう。

一通り騒ぎ終えたクロードが呆れたようにルシアンを見ている。

「王子様ほんとすげーよな。尊敬しちゃう」

「死に戻って助け、やっと手に入れたエステルだ。片時も離れたくない」

「呪い返しも絶好調だにゃ」

ルシアンのこの人生は二度目だ。

厳密に言うと、一年ほど前に一度だけ死に戻っている。

同様に、ルシアンが心から愛する婚約者エステルも同じタイミングで死に戻った。

――一年ほど前、エステルは実家を乗っ取ろうとした義妹が差し向けた賊によって殺されてしまった。

それを知ったルシアンは禁呪とされる『死に戻りの闇魔法』を使い、エステルが死ぬ一年前まで時を戻した。

結果、未来は変わりエステルは殺されることなく幸せに暮らしているが、ルシアンの体には禁呪の代償が残ってしまったのだった。

一体、それがどんな代償なのかというと。

「……エステルへの気持ちに関することで、本音が漏れ出てしまう呪いなんてどうってことない。初めは本人の前でも抑えきれないのがいたたまれなかったが、今では問題ない」

「さっきまで見てた夢のこともそのまま言えんのか？」

「エステルにうさぎの耳が生えた夢のことか？　エステルがもし獣人族だったら、間違いなくうさぎだろうなと思いながら眠ったせいで見た夢だったが……。とんでもなくかわいかったな」

「オレの予想よりずっとメルヘンで清らかな夢だったにゃ！」

こんなふうに、現在ルシアンは、禁呪の代償として『エステルに関して本音が抑えきれない』というひどい呪いにかかってしまっている。

伝説級の禁呪に払う代償がこんなふざけた呪いであることは信じられないが、この呪いのおかげでルシアンはエステルに正直に自分の気持ちを伝えられるようになった。

だから、悪いことではないとも思っている。

「俺はこの毎日に満足している。これ以上の変化は望まない」

「んー？　意味深だにゃ？　ルシアン、実は呪い返しを解く方法に心当たりがあるんじゃないのか？　闇魔法といえば、お前が少年だった頃に留学してたあの国の得意分野じゃにゃいのか？オレは行ったことないけど」

「……そんなもの、知らないな」

正直、心当たりはなくはない。

けれど、呪い返しを解くことで何が起きるのかにも心当たりがある。

（——今の俺には、エステルと過ごせる毎日があることが何より幸せなんだ）

第一章

獣人の国の王子様

Chapter 1

ルシアンが禁呪を解く心当たりを無視した日とは、また別の日のこと。

王都のはずれ、周囲を木々と花々に囲まれた、真っ白なレンガがかわいいカフェにも夏が訪れていた。

雲ひとつない快晴の空の下に、カランカランという涼やかな扉の鐘の音が響く。

「あっちぃ！　オレ黒いから！　黒猫だし人間の姿になっても結局髪とか服とか黒いから！　夏の紫外線とかまじむりお外に連れ出すのほんとやめて！　あーっ！　マントから出さないでーッ」

「それなら城で大人しくしていればいいだろう？　今日は俺がエステルのカフェに行く日だ。何でついてきた」

「だって、闇聖女がアレを食べさせてくれるっつーから！」

「……どうしたの？　二人とも……」

涼やかな鐘の音と共に店内に雪崩れ込んできたルシアンと猫の姿をしたクロードに、エステルは顔を引き攣らせた。

なんだかんだ言っても仲がいい二人がこんなふうにしてエステルのカフェにやってくるのは珍しいことではないが、ちょっと騒がしすぎるのではないか。

そんなことを思いながら店内へと二人を案内すれば、ルシアンは申し訳なさそうにため息を吐く。

「すまない。エステルが新メニューを作るというから、邪魔者は置いてこようと思ったんだ。だがコイツが無理についてくるから騒々しいことに」

「王子様最初から最後まで完全に王子様じゃなくなってんぞ」

「いまさらだろう？　それにランチタイム後で客はいないはずなんだ。俺の恋人であり婚約者でもあるエステルと二人で新メニューを食べながらいちゃいちゃしようと思うことの何がいけないんだ……っっ」

　エステルに聞かせたくない言葉を発してしまったらしいルシアンは、反射的に手で口を押さえる。そうして顔色がどんどん悪くなっていく。

　まさに、これこそいまさらである。

「い……いちゃいちゃ」

　そして、その聞かせたくないであろうポイントをうっかり声に出して反芻したエステルは、顔を赤くした。

（ルシアン様にかかっている呪い返しは本当に酷すぎるわ……）

　ルシアンはエステルの婚約者であり、金髪碧眼の美しすぎる甘いルックスとクールな立ち振る舞いで人気の王子様だ。

　エステルと同じように一度だけ死に戻ったことがあり、エステルが死ぬ未来を変えてくれた命の恩人でもある。

　エステルとしても、彼に感謝はしている。

　そう、感謝はしているのだが、エステルが死ぬ未来を変えるための『死に戻りの禁呪』を使ったことで、『エステルへの本音を隠せない』というひどい呪い返しに遭ってしまった。

嘘をつかなければそれでいいのだろうが、面白いことに、クールに見えたルシアンはエステルのことをありえないほど好きだった。

今、見られる姿といえば、かつての澄ました佇まいは一体何だったのだと問い詰めたくなるほどの溺愛ぶり。

結果、エステルのちょっとした振る舞いに反応していちいち本音がだだ漏れてしまい、エステルは赤面するしかなくなっている。

お客さんがいない時間帯でよかった、と心からほっとしつつ、エステルは恥ずかしさで赤くなった頬から手を離し、それを取り出した。

「では、みんなで新メニューを食べましょうか。私も楽しみにしていたんです」

エステルが取り出したのは、大きなかき氷器だった。

「それは何？」

「かき氷を作る調理器具です」

「……『かき氷』？」

不思議そうにしたルシアンに、エステルはそれはそうだろうと思う。

この国では、かき氷は庶民の食べ物なのだ。

エステルだって、ユーグ——近所に住む男の子が屋台で買ってきてくれたのを食べて、初めて存在を知った。

（あの日はあまりのおいしさに感激したもの……！）

それで、カフェの夏季限定メニューに取り入れようと思ったのだ。

「かき氷とは、グラニテのようなものです。でももっとお菓子っぽいというか……いろいろなアレンジができて、ふわふわしていて食べやすいのです」

そこまで話したところで、興味津々にかき氷器を観察していたルシアンがぴたりと止まる。

「ふわふわ。天使か」

「お前何言ってんだよ。気持ちわりーな」

「……俺も思った……なぜ声に出るんだ。殺してくれ……」

（この会話は何なの……）

ルシアンとクロードの会話は意図せず漏れ聞こえたものだったようで、気まずさと恥ずかしさでいたたまれなくなったエステルは無視を決め込むことにした。

婚約者が『呪い返し』のせいでエステルに関して本音を隠せないことはよく知っている。

（ルシアン様が頭を抱えてお顔を真っ赤にしていらっしゃる……）

だが、本音を我慢して紫色の顔になるよりは健康にいいだろう。

こういうときは放っておくに限るのだ。

下手につっこみを入れると、もっとストレートな本音が飛んできて、自分まで息苦しいことになってしまうのだから。

というとことで、エステルは婚約者と使い魔の黒猫を無視してかき氷の準備に取り掛かることにした。

冷凍庫から取り出したのは、昨夜のうちに作っておいたこの特製かき氷専用の氷だった。

普通の氷は透き通っていて綺麗だが、この氷は別の色をしている。

「んにゃ？　闇聖女、その氷なんか白くないか？」

「ええ。お砂糖とミルクを煮詰めたものを入れてあるの。氷自体に味をつけるとおいしいかなって思って」

この前、ユーグが屋台で買ってきてくれたかき氷は、削った氷にシロップをかけたシンプルなものだった。

ちなみにそれはクロードも一緒に食べた。あまりにもおいしかったらしく、カフェのメニューに加えてくれと大騒ぎだった。

屋台で買える庶民に馴染み深いかき氷もおいしいのだが、どうせカフェで出すのならもう一手間加えたい。

そんなわけで、エステルはミルク入りの氷とシロップ、そしてトッピング用に手作りの桃ジャムを準備したのだ。

氷をかき氷器にセットしたエステルはさっそくハンドルを回す。

じゃり、じゃり、じゃり、じゃり。

（うーん……）

ぐるぐる回すと刃が動いて氷を削る仕組みになっているのだが、いまいち思ったようなふわふわの氷にならなくてエステルは手を止めた。

「ミルクが入っているせいなのか、削りにくいわ」

「もう少ししっかり凍らせたらいいんじゃないか？　この暑さでもう溶けかけてる」

「そうなのですが、難しくて」

この夏は特別に暑い。

氷は魔道具の冷凍庫で作っているのだが、しっかり冷やすのが難しいのだ。

眉根を寄せたエステルを見て「好きだ」と呼吸するようにつぶやいたルシアンは、スッと手を差し出す。

そうして何やら唱えると、かき氷器の中の氷は一瞬で凍りつきカチコチになった。

「!?　ルシアン様、魔法を使ったのですか？」

「ああ。俺は水属性の魔法も使えるから。凍らせるのはその応用でできる」

「貴重なルシアン様の魔法をカフェのかき氷に使うなんて、恐れ多いです」

「エステルの役に立てるだけで俺はうれしいし、こんなのでよければいくらでも凍らせるよ」

「……！」

しっかり特別だと告げてくるルシアンに、頬が熱を持っていくのがわかる。これは今日一日の中で何度目だろうか。

『かわいい』や『きれいだ』や最近彼の中でブームらしい『天使だ』はもう聞き慣れた。

いや、耳が聞き慣れても心臓は慣れはしないのだが、それでもルシアンがエステルに心の中でそう思っているのだと思えばやり過ごせる。

けれど、こんなふうに声音や表情だけで特別なことを教えられては息苦しくなるのだ。本人は言葉以外の部分で想いが漏れていることに気がついていないのだから。

(かき氷で涼しくなろうと思ったのに、顔が熱くなってしまったわ)

何とか気を逸らそうとしたところで、ルシアンの指先にキラキラした氷の粒が見えていることに気がついた。

氷をさらにキンキンに凍らせたせいだろうか。

指先が凍りそうに見えて、エステルは考える前にルシアンの手を取った。

「ルシアン様の指先が凍ってしまいそう」

何か温めるものはないだろうか、と周囲を見回せば、握っていたはずの手をルシアンから逆に握られた。

(えっ⁉)

視線を手元に戻すと、ルシアンのごつごつとした指がエステルの指に絡んでいる。

「……温めてくれる?」

いつもとは違う、甘い声色に心臓が跳ねた。

顔を上げると、ルシアンの限りなく青に近いグレーの瞳に自分が映っていた。

口の端をわずかに上げた、余裕のある微笑みにまた自分の頬が熱くなっていくのを感じる。

(これは、うっかり本音が漏れているわけではないわ……)

ルシアンがわざとエステルを誘惑しているのだ。

「か、かしこまりました」

どうしようと思ったものの、自分のために魔法を使った後の頼みでは断れない。

遠慮がちに両手でぎゅっとルシアンの手を包み込めば、ルシアンがくすくすと笑う気配がした。

「惜しい。ちょっとだけ違うかな」

「！」

その瞬間に握った手ごと引っ張られ、後ろから抱きしめられた。

完全に油断していたエステルの呼吸は止まる寸前、背中に感じるごつごつとした温もりとルシアンの香りに眩暈がしそうだ。

なるほど、これは。

(温める、って……氷を作ってもらうたびに湯たんぽになれってこと⁉)

ドキドキと心臓が波打つエステルと反対に、ルシアンは自由に振る舞っている。

その体勢のまま、耳元で囁いた。

「幸せで溶けそう」

頭の奥まで響く低い声が甘すぎて、エステルの思考の方が溶けてしまいそうだ。

いつも外ではクールに振る舞うルシアンとのギャップが凄すぎて、もう何も考えられなかった。

「……は、はい……」

「ここ数日、暑さのせいで会議や面会の時間が夕方以降に設定されることが多かったんだ」

「……はい」

そういえば、早朝でも夜間でも、暇さえあれば王宮を抜け出してこのカフェにやってくるルシアンだが、最近は常識的なタイミングでしか姿を見せていなかったことを思い出す。

疲れているのにわざわざここまで来てくれたのかと思うと、まだカフェの営業時間だとはわかっているのに、うっかり甘い声音と雰囲気に流されそうになってしまう。

「エステルに会いたくて限界だったから、今朝は午前三時に起きて全てを終わらせた」

「ごっ、午前三時⁉」

（信じられないわ。それは朝ではないのでは？）

想像以上の過酷すぎる努力に、エステルはルシアンの腕の中で顔を上げた。

「そして、闇属性魔法で瘴気を浄化するために考案された新メニューの試食を口実にしてやってきた。さすがにそこまでやったら兄上が許可をくれたんだ」

「兄上って……待ってください王太子殿下が許可を⁉」

ルシアンはそれっぽく話してはいるが、端的に言うと『婚約者がカフェで出す新メニューを食べたいから今日はもう執務を終わりにします』である。

普通はなかなか言えないし、許可を出す王太子も王太子だった。

（何だかこう……もし私が王太子殿下のお立場だったら、すごく、普段からイチャイチャしているところを想像してしまうわ。恥ずかしい）

「ルシアン、オマエほんとに気持ち悪いな……」

「……」

クロードの心からの声がカフェの中に響き渡ったところで、甘い雰囲気に流されそこねたエステルはルシアンの腕の中を抜け出すことにした。

「エステルを離したくない……」

「また、今度、承ります」

「今度っていつ」

「……」

甘ったるい声に目が潤みそうになる。

とにかく、エステルには同じ抱擁を受け入れる日程を具体的に提示する勇気はなかった。

名残惜しそうなルシアンの腕を丁寧に体から離すと、エステルは熱を持った頬をぱたぱたと手で扇いで冷ましつつ氷の前に戻った。

不満げなルシアンの視線が痛いし、呆れたようなクロードの笑みが視界に入るのもいたたまれない。

一旦外に出て頭を冷やしたいところだが、こうしてはいられない。

のんびりしていては、せっかくいい具合に冷やしてもらった氷が溶けてしまうからだ。

「その……氷も作ってくださいましたし、仕上げをしますね」

そう言って氷を削ると、さっきよりもずっと細かくふわふわした氷の粒が器に落ちていく。

ガラスの器に氷が山盛りに削れたら、エステルは冷蔵庫から瓶を取り出してスモモで作ったシロップをかける。

この前の朝市で手に入れたスモモを綺麗に洗い、氷砂糖に漬け込んで一週間ほど置いたものだった。

すっかり食べごろになったシロップは、エステルのカフェを爽やかで甘い香りに変えていく。

その上に、近くの畑で採れた桃を煮詰めて作った、桃ジャムを載せると完成だった。

白い氷の上につやつやとした桃、甘酸っぱい香りを漂わせるシロップ。

屋台では透明な氷にカラフルなシロップと練乳がかかっているが、エステルが作ったこのかき氷はおしゃれなデザートのような仕上がりである。

エステルに逃げられて不満そうにしていたルシアンと、その顔を見てゲラゲラ笑っていたクロードだったが、かき氷を見ると目を輝かせて席につく。

「おいしそうだな」

「うまそう。オレのにもっとジャム乗せてにゃ」

「クロードはその見た目なのに甘いものが本当に好きよね……」

そうして、ルシアンはスプーンで、黒猫姿のクロードは氷の中に顔を突っ込む形で、エステル特製のかき氷を口に運ぶ。

「……おいしい。このなめらかさ……グラニテのざくざくした食感とは全く違ってやみつきになりそうだ」

「本当だにゃ！　ユーグがくれた屋台のかき氷よりもおしゃれな味！」

二人がおいしいと言ってくれたことに、ホッとする。

「よかったです。氷の固さについては改善しないといけないけれど、夏のうちに新メニューとして出せたらいいなと思っています」

ほっとして息を吐くと、エステルがつくったかき氷のせいでいつのまにか人の姿になっていたクロードが、指先についたスモモのシロップをぺろりと舐めながら言う。

「さっきの話に戻るけど、ルシアンの水属性魔法の貴重な派生型におそれをなす闇聖女の気持ちはわからないでもないぜ」

「？　そうなの？」

聞き返すと、クロードはうんうんと頷く。

「氷魔法は、昔フリード国に行ったとき、ルシアンが苦労して覚えた魔法らしいにゃ」

「フリード国……」

ルシアンが闇属性の魔力を持ち、しかも巧みに使いこなすのは国中で広く知られている事実だ。だからもう一つの属性『水』も同じように容易に使いこなすのだ、と勝手に納得していたエステルはぱちぱちと瞬く。

（ルシアン様が魔法を苦労して覚えただなんて、なんだか新鮮……！）

「フリード国というと、ここからはものすごく遠いところにあって、年中雪でおおわれた『氷の要塞』とも呼ばれる国ですよね？」

「ああ。そういえば、フリード国ではデザートとしてグラニテがポピュラーだな。向こうにいた頃は毎日のように食べていた。懐かしいな」

ルシアンの言葉に、大人しく聞いていたクロードが不満そうにしながら頬杖をついた。

「寒いとこで氷のお菓子なんて変わってんなあ。オレならあったかいスイーツがいいけど。焼きたてのアップルパイとか、おしることか」

クロードの言葉が引っかかったエステルは首を傾げる。

「あら？　その言い方だと、クロードはルシアン様と一緒にフリード国に行かなかったの？」

「そうだにゃ。オレがルシアンの使い魔としてつくられたのはその後だにゃ。魔力や魔法の使い方に慣れた人間でないと使い魔は作れないし、契約もできないからにゃ」

「じゃあ、クロードはルシアン様が子どもの頃のことをあまり知らないのね」

その問いには、ルシアンが応じた。

「そうと言えばそうだな。子どもと言っても、十三歳ぐらいの頃の話か。すでにエステルとは婚約をしていて、エステルのことを思い浮かべては悶々としながら過ごしていた頃のことだ」

「もんもん？」

「……拾わないでくれるか？　……っ」

思わず復唱してしまったのだが、ルシアンとしては聞かせたくない本音がうっかり漏れ出たものだったらしい。

顔色を悪くして胸を押さえ苦しそうにする姿に、エステルは申し訳なかったし、クロードはゲラゲラと笑っている。

「あっははは。ルシアンがこれ以上話せなさそうだからオレが教えてやる。ルシアンから聞いてる話では、ルシアンはそこで半年間の留学をした後、使い魔であるオレを生み出して契約したんだにゃ。フリード国は特別な国民性のせいで魔法に長けた人間が多く、ルシアンはそこで飛躍的に魔法使いとしての力を伸ばしたんだってさ」

「なるほど……ルシアン様はもともと何でもできるお方だとは思っていたけれど、その上でものすごく努力もされているのですね」

「婚約者がかわいかったからにゃ」

　エステルを褒めたのは、ルシアンではなくクロードだ。

　婚約者の使い魔から、明らかに揶揄われている。

　ルシアンに視線を送れば、彼はしまったというふうにおでこを押さえて目を伏せていた。

「否定はしない。あの頃、俺はもうエステルが好きだった。隣に並ぶのなら、完璧な男でいようと頑張った」

「……」

　まさか、そんな努力も自分のためだったなんて。

　けれど、そう思えば引っかかるところがある。

（ルシアン様は求婚してくださったけれど、実際に結婚するのはいつでもいいと仰っているわ。本当にそうなのかしら……）

　ルシアンがエステルを重く好きなことはもうわかりきっている。

好きだからこそ負担をかけたくない、結婚する心の準備ができるまでは好きに生きていてほしい、という優しさはありがたいが、本当にその言葉に甘えていていいのかと心配になることがあるのだ。

（ルシアン様は私のことで嘘がつけない呪いにかかっているから、本心に変わりないとは思うのだけれど）

エステルが困惑とうれしさと気まずさと恥ずかしさで完全に心が迷子になっていると、ルシアンが話題を戻す。

「とにかく、あの国はめずらしい属性を持って生まれた者が魔法を学ぶのにぴったりの場所だ。国民の多くを身体能力が高い獣人が占めているのもあって、魔法に関しては人間と協力して特に研究が進んでいる国でもあるからな」

「そうだわ。フリード国は獣人の国なんですよね。国民の七割以上が獣人だと聞いたような」

「ああ。王族もみな獣人だ。……魔法に長け、身体能力が高い彼らが形成するフリード国は国力も高く、学ぶところが多い」

ルシアンが教えてくれたところで、カランカラン、と入口の扉が開く音がした。

（あら？　この時間にお客さんなんて）

振り向いたエステルの視界に入ったのは、小さな白い狼だった。

銀色にも見える美しい白い毛並みに、金色の瞳をした狼がそこにいる。目をぱちくりとさせ、様子を窺うようにこちらを見ていた。

何となく、体の大きさや雰囲気から子どもなのだとわかる。

あまりにもかわいらしい見た目に、エステルは思わず声をかけてしまった。

「どうしたの？　お腹でも空いた？」

狼といえば、普段なら警戒する。

けれど、このカフェにはルシアンによって強力な結界が張られている。

それなのに敷地に入ってきてカフェの扉を開けられたということは、小さな狼は危険ではないのだろう。

優しく話しかけたエステルに、白い子狼はクゥン、と鳴いた。

「か……っ、かわいい……！」

「エステルの方がかわいいけどな」

あまりのかわいさに目を輝かせて悶えると、案の定ルシアンの余計な本音が聞こえた。見ると、普通にクールな顔をしてかき氷を食べている。

この整った冷たそうな顔からさっきの甘い言葉が発せられたなんて、ちょっと信じられない。

（こんなにかわいい動物にまで張り合うのはやめてください……！）

そう言いたいけど言えない。

――こういうときは、下手につっこむよりも話題を変えるに限る。

今日何度目かの言葉を心の中でつぶやくと、呼びかける。

「ねえ、小さな狼さん、こちらにいらっしゃい？」

小さな狼の鼻がくんくんと動いたのが見えた。


扉を鼻先であけ、クゥンと鳴いて立ちつくしていた子狼を店内に招き入れたエステルは、柔らかいブランケットを敷いた場所に案内してやった。

それからミルク氷をお皿に削り入れ、差し出す。

「よかったら食べて。試作品なの。お腹壊さないかしら。ミルク氷は大丈夫だと思うけど……狼って、桃のジャムは食べられるのかしら？」

「……！」

子狼は瞳をキラキラさせてエステルとお皿の上の氷を交互に見ている。

どうやら、氷は相当に好きなようだ。

そして、桃のジャムをのせてくれと言っている気がした。

「ジャム、これぐらいでいいかな」

「そのスプーン、オレにくれにゃ、舐めるから」

「だめよ」

いつの間にか黒猫の姿に戻っていたクロードが桃のジャムを目当てに寄ってくる。

子狼は同じ動物に見えるクロードがそばに来ても動じることなく、大人しくエステルがジャムを氷の上にのせるのを待っていた。

まるで、人の言葉をよく理解しているうえに、クロードの中身が人間だとわかっているようですらある。

（なんて聞き分けが良くていい子なのかしら）

「どうぞ、食べて？」

完成したかき氷のお皿を差し出せば、子狼はお礼を伝えるように頭を下げてから、ぱくぱくと食べ始める。

そして、すぐに変化が起こった。

目の前でうれしそうにかき氷を食べていた子狼の輪郭がぐにゃりと歪み、人間の男の子が現れたのだ。

「……っっ。ええっ⁉」

予想もしていなかった展開に、エステルは目を丸くした。

銀色の髪の毛に、琥珀色をしたミステリアスな瞳、きょとんとした表情。よく整った見た目の男の子がそこにいた。

まだ少年の彼はエステルとあまり変わらない背丈をしていて、よくある旅装束に身を包んでいるものの、どことなく上品な雰囲気を纏っていた。

「あれっ。戻っちゃった」

驚いて発せられた声までサラサラとしていて、幼い。とにかく。

「か、かわいい……！」

「まさかとは思ったが、やはりそうか」

ルシアンの言葉に思わず振り向く。

「ルシアン様、この子がどなたかの使い魔だとわかっていたのですか？」

「うん、まあ——というか使い魔ではないよ。エステル、よく見て」

首を傾げつつルシアンが指した先を辿ると、少年の頭にたどり着いた。

サラサラツヤツヤの銀髪の中に、二つの白くて三角形のものがちょこんと生えている。そして、なにやら腰のあたりにふわふわもふもふしたクッションのようなものも見えた。

「み、耳⁉　それにしっぽ……⁉」

思わず声を上げると、人間の姿になってからはスプーンを使ってもぐもぐとかき氷を食べ続けていた少年は申し訳なさそうにお皿を置く。

「ご、ごめんなさい。使い魔じゃなくて僕は人間で……。でもお腹が空いていて……だけど僕、お金がなくて」

「いいの！　これは試作品だもの。ここにいる人たちからもお金はもらっていないから安心して。おかわりもあるのよ、まだ食べる？」

「はっ……はい」

動物や使い魔ではないからお金を払わなければいけない、と慌て出した少年がとんでもなくか

わいい。

もっと食べていいと促せば、しゅんとして折れていた耳がぴんと伸びたのだった。

（この子は使い魔ではないということは、今ルシアン様とお話ししていた獣人さんなのね。初めて会ったわ……！）


かき氷を三杯食べてやっとお腹がいっぱいになったらしい少年は、自己紹介を始めた。

ちなみに、かき氷以外にもキッシュやパイなどお腹にたまりそうなものがあるわ、と誘ったのだが、辞退されてしまった。

相当にかき氷が好きらしい。

「僕はスレヴィと言います。多くの獣人が暮らす国、フリード国から来ました」

「ずいぶん遠いところから来たのね」

偶然にも、ついさっきまで話題にしていた国の名前だ。

存在は知っているものの、行ったことがない国の名前にわくわくしてしまう。

それを見たルシアンが補足してくれる。

「フリード国はオリオール王国のはるか北に位置し、年中雪と氷に覆われたとても寒い場所だ。だから、その子狼も暑さが苦手なんだろう。冷たい食べ物を求めてエステルのカフェに来た、ってところか？」

「はい。まさかよその国がこんなに暑いなんて知らなくて……。追い出されたあとに狼の姿で国境を越えたまではよかったんですけど、持っていたものは全部盗賊に取られちゃったし、お腹は空くし、暑いし、怖いしで……」

三角形の耳がしゅんと折れていて破壊力がすごい。

あまりのかわいさに、叫ばずにはいられない。

「かわいい……！」

「そういうことを言うエステルの方が百倍かわいいんだよ……って、いや、何でも……な、い」

ルシアンは胸を押さえながら顔色を紫にしている。

余計な口を挟みたくないから本音を我慢しているのだろう。

確かに、このままでは永遠に話が進まない。

（ルシアン様、ごめんなさい）

ルシアンの振る舞いに甘えて、エステルは酷い目に遭った末に何とかここへたどり着いたらしいスレヴィの話を聞くことにする。

「狼の姿で国境を越えたということは、あなたは普通の旅行で来たわけではないの？　私に何かできることがあるのなら力になるわ」

「僕は、生まれ育ったフリード国を追い出されてしまったんです。きっと、フリード国で嫌われている光属性の魔力の持ち主だからだと思います」

「なんて酷いことを……」

同情すると同時に、オリオール王国との常識の違いに驚いてしまう。

なぜなら、光属性の魔力といえばオリオール王国では特別なものだ。

その持ち主はめったに生まれず、家柄や魔力量によっては聖女の地位につくことも夢ではない、国中の乙女が憧れる魔力だ。

実際に、エステルは光属性の魔力を持って生まれた。

それにもかかわらず、実家が養子として引き取った孤児院出身の妹・アイヴィーの方が光属性の魔力量に優れていたため、家を追い出される事態になってしまった。

一度目の人生でエステルが死んだのはそのせいだった。

こんなふうに、光属性の魔力の有無やどれぐらいの魔力量を秘めているかは、一人の貴族令嬢の人生をも左右してしまう。

とにかく、オリオール王国ではそれほどまでに優遇される光属性の魔力がフリード国では迫害の対象になるなんて、エステルにとってはこれまでに想像したことすらないものだった。

スレヴィはしゅんとしたまま続ける。

「僕は伝統とか規律に特に厳しい家の生まれなんですけど、そんな家なのに、僕みたいなのが生まれてしまったから、ずっと居場所がなくて……。ついに国の聖女様に国外追放を言い渡されてしまったんです」

「酷い話ね。では、フリード国の聖女様は光属性の魔力をお持ちではないのね」

「はい、代わりにフリード国の聖女様は闇属性の魔力を持っていて、闇魔法を操ります」

「！」

驚くと、少年の話を聞いていたルシアンがさらりと教えてくれる。

「フリード国は並外れた身体能力を持つ獣人が多いせいで、魔力の色の希少性についても少し変わっているんだ。火、水、風、土の四属性は普通にあるが、氷のようにそこから派生した属性の魔法も使えたり、複数の属性を持つ者もいるから、一概に闇や光属性を持っているからといって優位になるわけでもない。エステルのように闇属性の魔法を扱う聖女が一般的でもおかしくないんだ」

「国によって魔力の色や魔法の難易度に対する常識が違うことは知っていましたが、まさかこんなに違うなんてびっくりしました」

「俺がフリード国に留学したときは闇属性魔法の使い手が他にもいたし、しかもオリオール王国に比べて数倍高い割合で出現するということだった。光属性魔法が嫌われているのなら、闇属性魔法を使う人間が聖女の地位につくしかないのだろうな」

「同じ闇属性魔法を使える私はカフェの食べ物や飲み物を使って緩やかな浄化を行いますが、フリード国ではどんなふうに浄化するのか興味があります」

「瘴気の浄化方法については国家機密扱いにしているところも多い。俺も気になるが、調べても難しいとは思う」

エステルとルシアンが真剣に話すのをじっと見ていたスレヴィは、あっと思いついたように声を上げた。

「わかりました！　さっきからずっとエステルさんが誰かに似ているると思っていたんですけど、話を聞いていてわかりました。聖女様に似ているんだ」

「私が、あなたを国外追放にした聖女様に似ているの？」

「ううん。広場に銅像がある、伝説の聖女様に似ているんです。すごいなぁ。国が違うのに、こんなことがあるなんて」

「伝説の聖女様……？」

　オリオール王国にも、至る所に聖女の銅像がある。

　それは、特に能力が高く国に貢献した名高い聖女たちの誉の証だ。その銅像はどれも美しく、歴代の聖女たちが容姿にも優れていたことを示している。

　エステルが能力のない聖女として知られていた頃、『顔だけ聖女』と揶揄されていたのはそのような理由からだった。

（フリード国にも同じような銅像があるのね）

　勝手に納得すると、スレヴィは教えてくれる。

「うちの国には、特に国を変えたという聖女様がいたんです。その聖女様も闇属性魔法の使い手で、その聖女様の銅像が国の至る所にあります」

「ひとりの聖女様の功績がずっと語り継がれているのね」

　そんなところまで違うことに感心していると、ルシアンが不思議そうに頭を捻っているのが見えた。

「？　ルシアン様、どうしたのですか？」

「確かに、留学したときに像は見た気がするんだ。でも、びっくりするほど造形を覚えていなくて。あの頃俺は子どもだったけどエステルのことが好きだったんだから、銅像が大人になったエステルに似ていそうなことになぜ気づけなかったのか。気がつけていたら、俺はきっと毎日会いに行ったはずなんだけどな。エステル以外に興味がなさすぎたってことか」

「…………」

どんな内容の会話でも挟まれる自分への愛が重すぎる。

銅像と婚約者が似ていることに気がつかなくてよかったかもしれない。他国の聖女像を崇拝する第二王子の姿はどう考えても異様な光景でしかないだろうから。

遠い目をしつつ、ほっとするエステルの前。

フリード国での銅像に関する思い出を語りながら、自分の本音が漏れたことに気がついていないルシアンは急に表情と声色を変えた。

「――それで、フリード国の第五王子が我が国に不法入国か。どうしたものか」

「第五……王子？」

誰のことだ、と視線をスレヴィに移すと、彼は目をぱちぱち瞬いて三角の耳をぴんと立てている。

あきらかに緊張している様子に、エステルは察した。

「待ってください……このかわいいスレヴィは王子様なの？　そんなこと一言も言っていないけれど？」

「フリード国の王族にスレヴィという名の狼獣人がいたと記憶している。年齢は十三歳。噂では、その者は光属性の魔力を持っていると。彼と一致する」

「スレヴィ、ルシアン様が仰ることは本当なの？」

　エステルの問いに、スレヴィは観念したようだった。

「……はい。勝手に入国してごめんなさい。でも、追放されてオリオール王国の国境手前まで送り届けられてしまった結果、入国するしかなくて」

　シュンとしているスレヴィに、ルシアンが第二王子らしい声色で告げる。

「複雑な事情があるのはわかった以上、手放しで入国を許すわけにはいかない。だが、王位継承権のゴタゴタに巻き込まれたとかそういう国家間の摩擦を招きそうな問題を抱えているわけではないのなら、我が国で保護することは可能だ。もちろん、正式な手続きを得たうえでだが」

「本当ですか。僕はこの国にいていいんですか……！」

　さっきまでかわいそうなほどに凹んでいたスレヴィは、目を輝かせている。

　それを見ると、エステルも何かしてあげたい気持ちになった。

（スレヴィがオリオール王国で暮らすための手続きはルシアン様がしてくださるとして、私にも何かできることはないかしら。……そうだわ！）

良い案を思いついて、エステルはスレヴィの手を取る。

「スレヴィはこのカフェで私が引き取るわ。二階には一部屋しかないけれど、十分な広さはあるし、不自由はしないと思う。ね、行く先がないのなら落ち着くまで一緒に暮らさない？」

「本当ですか！　エステルさん、ありがとうございます……！」

尻尾をぶんぶん振りながら目を輝かせているスレヴィがとんでもなくかわいすぎる。

アイヴィーという義妹には裏切られてしまったが、弟のようにかわいいスレヴィなら上手くやっていける気がする。

そんなことを考えていると、ルシアンが思いっきり困惑する声が聞こえた。

「ちょっと待ってくれ、本当に一緒に暮らすのか？」

「はい。何か問題でも……？　確かに、婚約者がいる未婚女性が殿方を自宅に招き入れることはあってはならないことですが、スレヴィはまだ子どもです。世間体的には問題ないかと」

「……っ」

戸惑っているルシアンが何か言おうとしたところで、カフェの扉に取り付けられた鐘がカランカランと鳴り、数人の常連客が入ってきた。

「こんにちは。今日のケーキは何かな」

「この前のアイスミルクティー、お肌がツヤツヤになったからまたお願いしたいんだけど」

午後のお茶の時間、カフェはこれから混雑する時間帯になる。

慌ててエステルは接客モードに切り替えた。

「本日のケーキはマンゴーのレアチーズケーキと桃とマスカットのタルトです。もちろんアイスミルクティーもセットにできますよ」

「どうしようかなぁ」

「マンゴーのレアチーズケーキ、おいしそう」

常連客は増え、店内はどんどん賑やかになっていく。

それを見ていたルシアンが、「スレヴィを二階の居住スペースに連れていく」と身振り手振りで教えてくれる。

（ありがとうございます、ルシアン様）

エステルは心の底から感謝をして、カフェの営業に専念することにする。

「……エステルにかわいがってもらえるのか。俺も耳としっぽがほしいけど無理だよな」

遠くから聞こえたルシアンのだだ漏れた本音は、本人にとって絶対に不本意なものだろう。

エステルは遠い目をし、精神を統一する。

そうして、聞こえなかったことにしておいた。


それから一週間後。

エステルの自宅を兼ねた白くてかわいいカフェに、新しい住人がすっかり馴染んできたある日のこと。

カーテンの隙間から差し込む朝の光に照らされ、エステルは目覚めた。

エステルが眠っているのは、カフェの二階の生活スペースの中央に置かれた大きなソファ。

ルシアンが遊びに来ると、ここで二人で寛ぐことがあるのだが、今はここがエステルのベッドがわりになっていた。

現在、これまでエステルが使っていたベッドはスレヴィのものになっている。

スレヴィは逆がいいと申し出てくれたのだが、さすがに王子様をソファで寝かすわけにはいかなかったのだ。

（でも、スレヴィに私のベッドを使っていただいていることがバレたら、ルシアン様はショックを受けるような）

ということで、初日にスレヴィを案内してもらって以来、ルシアンのことは二階に上げていなかったし、そもそもルシアンは何か忙しいようでこのカフェに来ること自体も減っていた。

朝の光が眩しいものの、早朝である。スレヴィはまだぐうぐうと眠っている。

（寝顔が、子どもみたいでかわいい）

クロードを枕に、すうすうと眠るスレヴィの寝顔を見てふっと微笑んだエステルは、ブランケットをかけ直してやると、着替えてカフェスペースに下りた。

カフェの開店準備をしつつ、朝食を準備するためだ。

「今朝はスフレパンケーキにしよう」

そう決めたエステルは、ボウルに卵を割り入れて卵黄と卵白に分け、卵白の方は冷凍庫に入れて冷やしておく。

その間に、卵黄に牛乳や小麦粉を入れてよく混ぜる。

それをしっかりと泡立てた卵白に合わせた。

もったりとした二色の生地が混ざり合って、美しい。

メープルシロップをたっぷりかけて食べるのがおすすめなので、砂糖は控えめにする。

シャルリエ伯爵家でも休日の朝によく出てきた、ふわっふわのパンケーキだ。

（手間がかかるから、お屋敷に厨房があって料理人を雇っているような人でないとなかなか食べられないのよね）

出来上がった生地を、よく熱してバターを溶かしたフライパンに落としていく。

きめ細かい卵色の生地がフライパンに並んでいるところが、もうすでにおいしそうだった。

甘い匂いがカフェの中に満ちて、お腹がきゅるるるると鳴る。

（いい香り。バターの匂いが食欲をそそる……）

じっくりと火加減を見極め、もう少しで焼き上がり、というところでカフェの扉が叩かれた。

「こんな早くに……もしかしてルシアン様かしら」

執務が忙しいルシアンだが、その合間をぬってエステルに会いにくることはよくある。

カフェ入口の鍵を開けたところで、予想は当たっていたとわかった。

「おはよう」

「ルシアン様、おはようございます。どうされたのですか？」

「会いにきた。それとあのスレヴィにも用があって」

「もしかして、オリオール王国で暮らせるようにするための手続きの件ですか？」

「そう。スレヴィが追放された正式な理由を知るため、フリード国に問い合わせたんだが、そこまで重要なものではないと曖昧な返事が返ってきた。おそらく、自分で言っていたように光属性の魔法を持つせいなのだろう。仮に本人が希望するならフリード国に帰してやれるかもしれないが、同じことの繰り返しになる可能性もある。まずはスレヴィの考えを聞きたい」

「……本当にオリオール王国で暮らしていきたいのか、を確認するのですね」

「ああ。俺個人としては、自分を追放した国になど戻る必要はないと思っている。だが、スレヴィにフリード国を憎んでいる素振りはなかったから、念のために確認したいと思った」

あらゆる可能性を考えて行動しているルシアンに、自分の考えの浅さを反省するとともに感動してしまう。

「私は何も考えずにスレヴィに居場所を提供しただけだったのに、ルシアン様はさすがですね。人助けって難しいです……」

「違う」

「？」

首を傾げると、ルシアンは背中を壁につけて寄りかかり、気まずそうに視線を落とす。

「あの子狼な第五王子が、エステルと一緒に暮らしているのが嫌だっただけだ。二人とも、そんな気は毛頭ないことはわかりきっているのに……大人げないだろう？」

不貞腐れたように告げてくるルシアンは明らかに目を逸らしていて、視線が合わない。

頬が赤く染まって見えることを思えば、わざと本音を話しているのだろう。

「ルシアン様……」

「朝食、もうすぐ出来上がるんだろう？　あの子狼を起こしてくる」

軽く微笑んで階段を上がっていくルシアンを見送る。

（いつも大人なルシアン様がそんなことをお考えだったなんて。誤解されているわけではないけれど、私もルシアン様の婚約者としてもっと自覚を持つべきだったわ）

ルシアンに申し訳ないと思いながら、焼けたパンケーキをお皿に重ねていく。

大きめにカットしたバターとバナナをのせ、メープルシロップを添えた。ホイップクリームもあればさらに豪華だっただろうが、朝なので軽い方がいいだろう。

この一週間でスレヴィは甘党なこともわかっていたので、チョコレートシロップも出してやった。

（飲み物はいつも通りミルクティーでいいかな）

反省しながらの朝食の準備は気もそぞろで、心の中が砂のようにざらざらとした感覚だ。

（私はルシアン様からの求婚を承諾したけれど、好きに過ごさせていただいているのよね。ありがたいけれど、もしかしたらルシアン様は何かを我慢されているのかもしれない）

エステルに関して嘘がつけない呪いにかかっているルシアンの本心を疑うことはない。

しかし、それだけに甘えてしまっている部分があることも事実だ。

（何か心配なことや不満があったらお話ししてくださる、と甘えてはだめね）

そんなことを考えながら鍋を火にかけたところで、二階から叫び声がした。

「～～～～！」

「⁉」

とても情けない、スレヴィの悲鳴だ。

（何があったのかしら……⁉）

あわててコンロの火を止め二階に上がると、なんとスレヴィがブランケットごとベッドから放り出されそうになっているところだった。

「スレヴィ、どうしたの……ってルシアン様⁉」

諦めたようにブランケットを放り投げたのはルシアンである。

確かに起こしてくると言ってはいたが、どうしてこんなに強引な起こし方になっているのか。

エステルの到着を確認したルシアンは眉根に皺を寄せる。

「スレヴィが全然起きない」

「……」

ついさっき、大人げなさを反省していたルシアンがさらに大人げなくなっている。

そのうえ、王子様が王子様を起こしているというなかなかレアな光景に、エステルは思わず瞬いた。

しかも、片方は上半身裸で尻尾と耳を生やしたかわいい少年なのだ。

（何というか、二人ともかわいいし、見る人によってはとても贅沢な光景なような……）

「……もう少し……眠らせてぇ……！」

「お前何言ってるんだ。起きろ。大体、何でこんな格好で寝ているんだ？　こんな裸のような格好でエステルと同じ部屋で寝ているのか？　死んでもいいな」

「死んでもいいって誰がにゃ？」

「俺の話だ」

「幸せすぎて死ぬ方の話かよ。ルシアン、王子様なんだから、自分に置き換えるのだめだめ」

「……っ⁉」

ゲラゲラと笑うクロードの言葉で、ルシアンは自分の心の声がまた勝手に口から漏れていたことに気がついたらしい。

「その格好で自分もエステルの部屋で眠れたら死んでもいい」という声があっさりとばれてしまい、顔を紫にしている。

（さっき、ルシアン様を見て自分の未熟さを痛感して凹んだところではあるのだけれど……。この呪いは、聡明なルシアン様の価値を下げるものでしかないわ）

今さらながら、この呪い返しを消す方法はないものかと叫びたくなる。

一方、寝ぼけていたところから目が覚めつつあるスレヴィも状況を把握したようだった。

「ごめんなさい。僕、服を着ると眠れないタイプで……獣人って大体そうなんですけど……あっ、

でもズボンはちゃんと穿きました」

「ズボン……って、当たり前だろう？　いくら年下だって、もふもふだって、男は男だ。エステルのベッドで寝るんじゃない」

「ルシアン様、抑えてください」

まるで子どものような本音に呆れそうになるが、彼は『本音が隠せない』という呪いにかかっているのだ。

きっと、呪いがなければクールに流していた場面なのだろうと思うと、そのギャップにまた赤くなってしまう。

（大人気ないとか、そういう問題じゃないわ。ルシアン様は……ちょっと私を好きすぎるのでは）

自意識過剰だとかいうレベルを超えている気がする。

エステルとルシアンの様子を見ていたスレヴィも、二人の会話の内容に違和感を覚えたようだ。恐る恐る聞いてくる。

「……あの、もしかしてルシアン様って、何か呪いにかかっていたりしますか？」

「そうだにゃ。闇魔法の呪い返しで、意中の相手に恥ずかしい本音をそのまま喋っちゃうっていうひでえ呪いにかかってるんだぜ」

ルシアンが答えない代わりに、毛繕いをしながらクロードが答えた。

それを見たスレヴィは目を輝かせる。

「それなら僕、呪いを解ける人を知っています」

「本当に……!?」

「はい。それはフリード国の聖女様なんですけど……僕は彼女に国外追放を命じられてしまったんです。聖女様の予言で、国に悪いものをもたらすから出て行けって」

「そんな……」

　スレヴィは寂しそうに笑いながら、三角の耳を折ってしゅんとしている。

　けれど、フリード国の聖女の力には自信があるのか、すぐに気を取り直し胸を張って教えてくれた。

「でも、その聖女様なら闇魔法の呪い返しを解けると思います。大変に、お力が強い聖女様ですので。……ご案内できたらいいんですけど、その本人に国外追放を命じられてしまったので」

「その様子だと、できることなら国に戻りたいんだな。いいのか？　自分を無理に追放した国だ。我が国が間に立ってやったとしても、状況の改善は一時的なものになるかもしれない」

　ルシアンの言葉に、スレヴィは尻尾を振って答える。

「もちろん、できることなら帰りたいです！　僕を追放した聖女様だって、元は僕の幼なじみで仲良しで……それなのに、なぜか突然国を出て行けって言い出して、話も聞いてもらえないまま追い出されたんだ。わけがわからない」

　スレヴィの今後のことはとても心配だが、同時にルシアンの呪いも解く手段にも出会えそうだ。

よかった、と安堵すると、ルシアンは爽やかに微笑む。

「そうと決まったら、用意が整い次第フリード国へ行こうか」

「？　ルシアン様、ご公務があるのでは？」

「これも十分に外交上必要な仕事だし、不在にする間の仕事は巻きで終わらせるから問題ない。きちんと許可もとる。それに、エステルとその子狼が同じ部屋で暮らしているのを黙って見ていられないからな。うらやましすぎて、……っ」

「……」

言葉を飲み込んだせいでルシアンの顔色がまた悪くなっていく。

一瞬、頼もしいと思ったのは気のせいだったようである。

（もし、ルシアン様のこういうところがなくなってしまったら……ルシアン様ではなくなってしまうような……）

早くも呪いが解けることを想像して複雑な気持ちになったエステルは、自分が現金すぎると思ったのだった。

第二章

フリード国の
もふもふ聖女

Chapter 2

比較的温暖な気候が特徴のオリオール王国に比べ、フリード国は一年中雪と氷に覆われている国だ。

それだけに物理的な距離がものすごく、エステルたちはフリード国の王都に到着するまでに、鉄道を乗り継いで十日間もかかってしまった。

けれど、たどり着いた王都は白銀の世界が広がる、素晴らしい街だった。

早朝の王城前、降り積もったばかりのふわふわの雪に彩られた光景にエステルは思わず声を上げる。

「素敵だわ……！　雪化粧をしたお城がこんなに美しいだなんて」

「十三の頃に来たときと変わっていないな。半年間、魔法塔にこもって勉強ばかりしていたから、スレヴィを追放した聖女には会ったことがないが」

「オレも来たのは初めてだ。……寒いにゃ。オレって使い魔だけど一応猫だし、寒いの無理だにゃ」

クロードが震えだしたので、エステルは自分が着ている毛皮のコートの中に入れてやる。

するとルシアンが不機嫌そうに片眉を上げた。

「クロード。そこから出ろ」

「にゃんでだよ⁉」

「エステルは俺のだからだ。本人が俺のだということは、その温もりも俺のだ。誰にも渡したくないし羨ましいんだよ早く出ろ」

「王子様ひどい横暴！」

「!?」

めちゃくちゃすぎる理論に顔を赤くして隣を見上げれば、案の定ルシアンはとんでもなく紫色の顔をしていた。それ以上話すのを我慢しているようである。

（これも、話題を広げない方が良さそうだわ）

またしても重すぎる本音は聞かなかったことにして、王都の街を進む。

やがて王城に入ったエステルたちは、東の棟の真ん中にある不思議な部屋へと通された。

途中、出会った数人の衛兵や女官たちがエステルの顔を見てあっと声をあげそうになっていた。

（私の顔に、何かついてる……？）

そう思いながら通された大きなターコイズ色の扉の中は、信じられないほどに広い部屋になっている。

屋内のはずなのに、部屋の中央には大きな噴水があって、そこに誰かの魔力が流れているようだった。

（これは噴水ではなくて水鏡……？　街の人々の様子が映っているわ）

水の中には、街で過ごす人々の様子。

わずかに感じられる瘴気の気配を、闇属性の魔力が飲み込んでいるような、不思議な感覚に襲われる。

「これは……何？」

「我が国の聖女様が浄化に使っている水鏡だよ。そこに常に魔力を流しておいて、悪いものが溜まる前に綺麗にしちゃうんだ」

「そんなことができるのね！」

スレヴィの答えに、驚いてしまう。

オリオール王国では、光魔法を扱う聖女が浄化を行うが、瘴気が溜まっている場所まで行かないとできない。

離れた場所から瘴気を浄化できるとなると、フリード国の聖女が相当な力を持っていることの証になる。

（一体、どんな聖女様なのかしら）

子どもの狼の見た目をしたスレヴィの幼馴染だという、その聖女を想像したところで。

「どうしてこんなところにいるのよ！」

突然広い部屋の中に澄み渡った、高くてかわいらしい声に息を呑む。

振り返ると、うさぎの耳を生やした少女がいた。

「スレヴィは国外追放処分って言ったじゃないの！　しっかり国境の町まで送り届けたはずなのに、どうして戻って来ちゃったの⁉」

ラベンダー色のふわふわの髪に、ルビーのような赤い瞳。

頭の上からにょきにょきと生えているふかふかの耳が彼女の愛らしい印象を数倍に見せている。

後ろには同じウサギの耳を持つ幼い少女二人が付き従っていた。

（これは間違いなく聖女様だわ……！）

そう思ったところで、スレヴィが彼女に向かい華麗な土下座を披露する。

エステルやルシアンに挨拶をする隙を与えないほどの淀みなく美しい謝罪だった。

そうして、広い部屋の中に悲痛な叫びが響く。

「聖女リーナ様。どうかあの予言を取り消してください。僕をこの国から追い出さないでぇ……！」

「嫌よ。絶対に嫌。予言は絶対に取り消さないんだから！」

「だって僕行くところがないんだよ。一人で国外に追い出されたら生きていけない」

「一生遊んで暮らせるお金を持たせたし、オリオール王国のおすすめの宿リストも渡したでしょう!?」

「それが、盗賊に身包み剥がされちゃったんだ。お金も宿リストもなくなっちゃった」

「はぁ!?　スレヴィってどうしていつもそうなるの？」

「だからお願い、ここに置いてよ。僕は王子じゃなくてもいいんだ。リーナの付き人とかでもいいから、ここにいさせて」

「何言ってるの……っ!?　私は、あなたを助けるために……っ。なんでもないわ」

突然始まってしまった、痴話喧嘩のようなやりとりにエステルは目を瞬いた。

（スレヴィがお話ししている相手は聖女様よね⁉　国外追放されたなんて言うから、もっとこう……厳格な聖女様を想像していたわ⁉）

ところが、今目の前にいるのはふわふわの耳を跳ねさせ、まんまるの赤い目を頑張って吊り上げ、小さな鼻をひくひくさせながら怒っている聖女だった。

控えめに言ってかわいすぎる。

一方のスレヴィも、自分を追放した相手に対するものとは思えない接し方をしている。プライドをかなぐり捨てた、完全に子犬のような命乞い（？）に驚くしかない。

その様子を見ていたルシアンは何か納得したようである。

キャンキャンやりとりをするスレヴィとフリード国の聖女をバックに、頷いた。

「そういうことか」

「？　ルシアン様は、スレヴィの追放の経緯について心当たりがあったのですか？」

「ああ。事前に調べた際、スレヴィが追放されたのは『聖女の未来予知』によるものだと聞いていた。だが、闇魔法で未来予知がされた例はこれまでにただの一つもないんだ」

「それはつまり……？」

「あの仲の良さだ。間違いなく、スレヴィの追放には何か別の理由がある。フリード国には王位継承権争いはなく安定しているはずだが、一体どんな事情で国外追放したんだろうな」

「……」

（確かに、二人は戯れあっているようにしか見えないわ……！）

とりあえず、スレヴィと聖女のじゃれあいを見守ることにしたエステルだったが、聖女は我に返ってエステルたちの存在に気がついたらしかった。

ピンと立っていた耳をぱたんと折り、急にしおらしくなる。

「……あら？　ごめんなさい、お客様だったのね。どんなご用かしら？」

「オリオール王国が第二王子、ルシアン・クラルティと申します。この度はフリード国の聖女様に申し上げたき儀があり、まいりました」

「……オリオール王国の王子様？」

ルシアンの挨拶に、聖女は赤い目を丸くした後、かわいらしく微笑む。

「私は聖女リーナよ。うさぎ獣人で、闇魔法使いの聖女をしているの」

「聖女リーナ様、私たちはオリオール王国でスレヴィと出会い、事情を聞いて貴国に送り届けることにしました。彼は生まれ育った国での生活を強く希望しています。何か必要な支援があるのなら、私どもがいたしましょう。どうか、国外追放についてご再考をいただけませんか」

「どうして、オリオール王国の王子様がそこまでするの？　……でもそれなら、スレヴィをオリオール王国で保護してもらうことはできないかしら？　ルシアン殿下の庇護下なら安全よね」

聖女リーナの望みを聞いたルシアンは、それまでの王子様然とした爽やかな表情を一変させた。

「断る。この子狼は俺の婚約者の部屋に滞在し、毎日食事を作ってもらい、ベッドを借りて眠っているんだ。しかもやたら優しくしてもらっている。エステルはもともと天使のように優しくてかわいらしいが、俺のエステルを独り占めしているんだぞ？　万死に値する。だから送り返しに来た」

　本音がだだ漏れている。

（ルシアン様⁉）

「……っ」

　驚いてルシアンを見上げると、本人もしまったと思っているらしく口を押さえていた。

　つい数秒前までの、外交モードのルシアンは一体どこへ行ってしまったのか。

　一方、聖女リーナもルシアンの本音には戸惑ったようだった。

　長くてふわふわの耳をぴくりと動かし、首を傾げている。

「……ねえ、あなた。もしかしてそれって……何か特別な禁呪による呪い返しではないかしら？」

「！」

　一瞬で見抜かれたことにエステルは驚いたが、ルシアンは落ち着いた様子で応じる。

「いえまさか。呪い返しどころか、禁呪など使ったことはありません」

「ふぅん。『嘘がつけない』とかそういう類の呪い返しかと思ったけれど、違うのね？」

　ものすごく惜しいところである。

（というか、ほぼ当たりのような気がするけれど）

『意中の相手に本音がだだ漏れになる』という呪いが禁呪の呪い返しだなんて、普通はどうあってもたどり着けない突飛すぎる正解なのだから。

（ルシアン様は呪い返しのことを聖女様にお話しにはならないのね……？）

エステルとしては、スレヴィを送り届けることも重要だが、ルシアンの呪いを解いてもらうこともフリード国を訪問した大きな理由だった。

それなのに、「禁呪を使ったことなどありません」とはどういうことなのだろうか。

（でも、ルシアン様のことだもの。きっと折を見てお話しになるのでしょう）

納得したエステルは特に口出しはせず見守ることにする。

一方、ルシアンから視線を外したリーナは自分を納得させるようにブツブツと思案している様子だった。

「オリオール王国が一番安全かなと思ってスレヴィの追放先に選んだのだけど、ご迷惑をおかけしているのなら他の国にしようかしら。……でもスレヴィは頼りなくてポンコツだから心配なのよね」

「ごっ……ごめんなさぁい」

頼りなくポンコツだと怒られてしまったスレヴィは、額を床につけて謝罪している。

リーナとのやりとりを見ていると、二人が幼馴染だというのは本当のことのようだった。

力関係はリーナの方が圧倒的に上のようだが、同時にリーナがスレヴィの甘えたような振る舞いを許していることも見てとれる。

（仲良しだったのに、こんなことになってしまったなんて……）

そんなことを考えていると、ふとこちらにリーナの視線が向いた。

そのまま、じっと見つめられる。

（もしかして、私の顔に何かついているのかしら？）

不安になったところで、リーナは当然のように問いかけてくる。

「ねえ。あなた、お名前は？　すっごく気になるお顔をしてるんだけど？」

「私はエステル・シャルリエと申します。オリオール王国の王都のはずれでカフェをやっていて、……オリオール王国では聖女としても仕事を承っています」

リーナの顔色が変わる。

「聖女？　もしかして、闇属性魔力持ちだったりする？」

「……はい。よくおわかりで。オリオール王国では光属性魔力持ちの聖女が一般的ですが、私はどちらも使えます。闇属性魔力持ちの聖女はこれまでにいなかったそうで」

エステルの言葉を聞いたリーナは納得したように頷く。

それから、背後で控えていた付き人たちに視線で告げてから、こちらに向き直る。

「ふぅん。すぐにスレヴィを連れて帰ってもらおうと思ったけど、スレヴィは子犬みたいでかわいそうだし、王子様は不思議な呪いにかかっていそうだし、あなたはそんな顔してるしで気が変わったわ。しばらくここに滞在なさい。……明日は街へ観光に連れて行ってあげる。エステルと言ったわね。あなたは顔を隠すのよ。いいわね？」

「？　はい、ありがとうございます」

お礼を告げたものの、なんだかしっくりこない。

（街を案内してもらえるのはありがたいけれど、どうして顔を隠さないといけないのかしら？）

思ってもみなかった展開に、エステルとルシアンは顔を見合わせ、スレヴィはクゥンと鼻を鳴らし、クロードは興味なさそうに窓の外を見ていたのだった。


翌日。

リーナの誘いに乗って、エステルたちは王都の街を観光していた。

もちろんリーナに言われた通り、エステルは毛皮の帽子をかぶり、ファーのマフラーをぐるぐる巻きにし、顔を隠していた。

けれど、休日の街は賑やか。

顔を隠させられていることなど忘れてしまうぐらい観光が楽しすぎて、エステルは目を輝かせた。

「街も雪景色なのですね。建物はオリオール王国と似たデザインのものが多いですが、雪や氷に包まれていて新鮮です。それに見てください！　知らない食べ物がたくさん売っていますわ」

「フリード国は露店文化の国なんだ。オリオール王国よりもずっとたくさんの種類の露店があって、平民だけでなく貴族も露店で買って食事をしたりする。もちろん、信頼できる店で毒味をすませたうえでだけどな」

「まぁ。楽しそうですね！」

オリオール王国とは全然違う文化にエステルが驚くと、隣のルシアンがこちらをじっと見ていることに気がつく。

「……ルシアン様、どうかされましたか？」

「フリード国に入ってからずっと思っていたんだけど、エステルの天使度が増しているなって」

「てんしどがましている？？？」

普通の人間ならば、心の声が漏れでもしない限り生涯で滅多に聞くことがない、とんでもない表現である。

天使に失礼だ、と突っ込みたいが、一方ではあまり突っ込まない方がいい気がする。応じると、ルシアンの脳内は自然に返答を生み出してしまうからだ。そして、それがするすると口に出る。

つまり、会話を広げないことこそがエスカレートさせない秘訣なのだ。

しかしエステルの意図は全く汲んでくれずに、ルシアンは続ける。

「子どもの頃にフリード国を訪れたときは、この国の民族衣装も冬仕様のドレスも、何も思わなかったんだが……まさかエステルが着るだけでこんなに映えるとは。この旅行を楽しみにしていたんだが、いつもと違う姿も見られるし、堂々とデートができるし、はしゃぐエステルは限界をとうに超えた天使のようだし、死んでもいいな」

「王子様それ言っていいのか」

クロードのつっこみにルシアンは青い顔をする。

「⁉　俺は今とても妙なことを口走っていたな……？　はしゃいでいるエステルを見ていたらものすごく癒されて、すっかり油断を……っ、うっ、これも、喋りたくな、い」

「おもしれえ」

ルシアンの肩に乗っている猫の姿をしたクロードが全身を震わせながら笑っている。

さすがにあまりにもひどい、とエステルはルシアンの背中をさすろうとした。

けれど、その手は優しく振り払われてしまう。

「い、ま……エステルに触られたら、絶対にろくなことにならない」

息も絶え絶え、死にそうなルシアンの姿はものすごく気の毒だった。

赤い顔をしてこくこくと頷いたエステルは、せめて、とルシアンの視界から外れて露店の商品に手を伸ばす。

手に取ったのは、民族衣装の生地を使った小物入れ。かわいい。

けれど、頭の中は別のことが占めていた。

(私への心の中での賞賛が聞こえてしまうことも気まずいけれど……。普段、ルシアン様は一緒に過ごす時間が少ないことを何も言わないのに、実ははっきりとこんなことを思っていたなんて)

エステルはカフェをやっているし、ルシアンは執務や公務で忙しい。

その上、二人とも地位以上に有名な存在なため、街に出ると騒ぎになる可能性がある。

そういった事情からあまり外で過ごすことはないのだが、ルシアンの本音を知って申し訳なく思ってしまう。

（やっぱり、ルシアン様は結婚の話が全然進んでいないことについて、何か思うところがあるのではないかしら）

王族の結婚は、ほぼ政略結婚だ。

国内の有力貴族の後ろ盾を得るか、聖女を国のものとするためか、他国との結びつきを深めるか、もしくはそれら以外の特別な目論みがあってのことか。

その時々によって理由は違うが、政略結婚ではない王族の婚姻などほとんど聞かない。

エステルは一応聖女ではあるものの、シャルリエ伯爵家とは縁を切っていて後ろ盾がないため、王族の婚約者としては不十分だと言われてもおかしくないと思う。

（逆に言うと、ルシアン様はそんな私を無理に婚約者にしたにもかかわらず、結婚話を進めていない。もしかしたら厳しいお立場になられているのではないのかしら……）

申し訳ない事実に気がついて、エステルはしゅんとした。

エステルとルシアンが本音だだ漏れのやりとりに青くなり赤くなり凹む一方で、スレヴィとリーナも意外と穏やかに観光をしているようだった。

隣から、楽しそうな会話が聞こえてくる。

「あ、丸パンがある。僕、あれ食べたいな」

「スレヴィは小さい頃からあれが好きよね。冷たいものばかり食べてるのに、丸パンだけは温かくても文句言わない」

（丸パン？）

エステルは民族衣装の生地を使った小物入れを置き、首を傾げる。

「ルシアン様、丸パンって何でしょうか？」

やっと顔色と呼吸が整ったらしいルシアンが教えてくれた。

「パン生地の中に、炒めた野菜や肉を詰めて焼いたパンのことだよ。オリオール王国でいうパンケーキと同じぐらい頻繁に食べられているし、朝食や昼食の定番のメニューだ」

「わぁ。おいしそうですね」

「俺もこっちにいたときはグラニテと同じくらいよく食べていた記憶がある。懐かしいな」

「私も食べてみたいです」

エステルの言葉はしっかりリーナに聞こえていたらしい。

リーナはラベンダー色のうさぎの垂れ耳をぴくりと跳ねさせ、得意げに応じる。

「いいわよ。向こうに、王族御用達の屋台があるから買ってあげる。おいしいんだから！」


しばらくして、リーナの付き人が『丸パン』を買ってきてくれた。

揚げたてを一つずつ紙に包まれたものを渡され、食欲をそそる匂いにお腹が鳴った。

「いい匂いですね」

「熱いから気をつけて」

「はい」

ルシアンの言葉に頷きつつ、どこか座って食べられる場所はないか、と周囲を見回す。

ちなみに、今日はリーナに案内してもらっての、お忍びでの訪問である。

フリード国を追放されたスレヴィはもちろん、オリオール王国からの客人ルシアンとエステルの存在も明かされていない。

全員地味な格好をしているため、この集団の中の二人が王子様で、二人が聖女だとは誰も気づかないだろう。

だからこそ、護衛の人数も最小限なものになっていて、こんなふうに街を楽しめるのだ。

一般市民に混ざって街を楽しんでいると、つい数分前まで結婚のことで悩んでいたエステルもわくわくが抑えきれず、自然と気持ちが切り替わっていく。

（さっき、ルシアン様がおっしゃっていた通りだわ。普段はこんな風にしてお出かけをすることがないから、新鮮だし楽しい）

「ここには座れる場所がないわね。……そうだ、広場のベンチで座って食べましょう」

リーナの提案で広場まで行くと、とある銅像の周囲に花壇が配置され、それを囲むようにしてベンチが並んでいる場所があった。

中央の銅像は女性を模ったもののようだ。

よく見ると、リーナと似た服を身につけている。

（あれ、どこかで見たことがあるような……）

そんなことを考えていると、スレヴィが教えてくれる。

「あれがフリード国の伝説の聖女様の銅像だよ」

「！　私に似ているっていう？」

「そうだよ。そっくりだよねえ」

スレヴィの言葉に、あらためて銅像を見上げてみる。

銅像でもはっきりとわかるほどのくっきりした目鼻立ちと、背中の真ん中ぐらいまでありそうなゆるいウエーブを描くロングヘア。

（確かに……見れば見るほど毎朝鏡の中で見る顔にそっくりだわ）

今、感じた『どこかで見たことがある』という感覚は自分自身に似ているというものだったようだ。

銅像から目が離せないでいると、リーナが教えてくれる。

「あなたに顔を隠してもらったのは、街の人に顔を見られたら騒ぎになるからよ。こんな銅像が国中の至るところにあるの」

「どうしてこんなに似ているのでしょうか」

フリード国には何のルーツも関わりもないエステルは首を傾げるばかりだが、リーナはとっくに答えを知っているようだ。

「あなたのお名前はエステル・シャルリエといったわね。これは我が国で聖女になるものだけが受ける『聖女教育』で教わることで、一般的な知識ではないのだけれど――『伝説の聖女様』はオリオール王国のシャルリエ家というところのお嬢様だったらしいわ」

　リーナの言葉に、エステルは固まる。

（伝説の聖女様がシャルリエ家の出身？）

「つまり、伝説の聖女様は私の祖先だとおっしゃるのですか？」

　目を丸くすると、リーナは頷く。

「そうだと思うわ。数百年前のこと、オリオール王国で暮らしていた伝説の聖女様は、中年を過ぎてからこの国に来たみたいよ。家に尽くして子どももいたのに、ある日突然立場を奪われてシャルリエ家を追い出されたんですって。その結果フリード国にたどり着いたという記録が残っているの」

「なんてひどい……」

　絶句したエステルだったが、隣のルシアンにとってはあまり意外なエピソードではなかったようだ。

「あの家は本当に信じられないな。数百年前も今も変わらないのか」

　怒りで表情を歪めたルシアンを見ながら、リーナは続ける。

「だから、オリオール王国には伝説の聖女様の記録がないの。祖国では力を発揮する機会をもらえなくて、居場所をなくしてやってきたフリード国でやっと認められたみたいよ」

「そういえば、実家の厨房には闇属性魔法の呪文をベースにした歌が伝わっているんです。それを歌いながらお料理をしたら、出来上がった食べ物や飲み物に特別な効果が付与されるようになって」

「⁉　きっと、それは伝説の聖女様が残した呪文だわ！　それなら、あなたはやっぱり伝説の聖女様の力を受け継いでいるのね……⁉」

さっきまでかわいらしくはあるもののどこか淡々と対応をしていたリーナの瞳に、動揺が見えた気がする。

（リーナ様……？）

急な変化に目を瞬いたエステルに、リーナは慌ててコホンと咳払いをした。

「……当時、伝説の聖女様が国を追われるきっかけになったのは、同じシャルリエ家にいた『光属性魔法使いの聖女』だったらしいわ。伝説の聖女様を利用するだけ利用して、都合が悪くなった途端に追い出したのですって」

「その『光属性魔法使いの聖女』様、特に優秀で功績を残した偉大な聖女様としてオリオール王国では慕われている方のような気がします……」

オリオール王国の王都の広場には、数百年前にシャルリエ伯爵家が輩出した、『特別な聖女』の銅像がある。

その聖女は光属性魔法を操る聖女で、今でも国民から人気を集める存在だ。

けれど、以前ルシアンがシャルリエ伯爵家の歴史を調べて得た情報によると、その特別な聖女とほぼ同時期に、闇属性魔法を操る人間がシャルリエ伯爵家にいたらしい。

闇属性の魔法を操る人間となると、オリオール王国では間違いなく歴史書に名前が残っているはずだ。それなのに、その人間の名前はない。つまり、リーナが教えてくれた『フリード国の伝説の聖女様』の話と一致するのだ。

（まさか、オリオール王国で歴史上もっとも慕われている聖女様にそんな裏事情があったなんて）

正直なところ、あまりにも最低すぎて、こんな真実は知らない方がよかったとすら思ってしまう。

話を聞いていたルシアンが納得したように頷く。

「恐らく、エステルが想像している通りだろうな。シャルリエ伯爵家には当時二人の聖女がいて、光属性持ちの聖女は闇属性持ち聖女の能力を利用して功績を上げ、歴史に名前を残した。一方、隠されていた闇属性持ちの聖女は国を追われた後フリード国で認められ、伝説の聖女になった、と」

「もし本当だったら酷すぎる話ですね……」

言葉もないエステルに、リーナがため息を吐く。

「わかった？　そこから、フリード国では光属性魔法が嫌われるようになったの。伝説の聖女様に関わる話だけではなく、不幸や災いをもたらすとか、いろんな話に派生してね。伝説の聖女様を崇め奉るだけならいいけれど、最近では巡り巡って、光属性魔法を嫌う妙な新興宗教まで増えてきていると聞いたわ」

「新興宗教、でしょうか？」

「ええ。自分たちの目的を果たすためなら、強引な手段をとる組織も珍しくないんですって。あまりにも数が多すぎて、把握しきれないと聞くわ。……まぁ、歴史の話はこれくらいにして、丸パンをいただきましょう？　冷めちゃうわ」

「そうですね」

（シャルリエ伯爵家出身だという伝説の聖女様の話や、私がその子孫で能力を受け継いでいるらしいと知って、不自然に反応されたリーナ様のことは気になるけれど……）

せっかくリーナの付き人が買ってきてくれたのだ。

冷める前に、丸パンを味わいたかった。

ということで、エステルは手渡された紙包みから丸パンを取り出してまじまじと見る。

話を聞いたときは、丸いパンをただ揚げたものを想像していたが、どうやら違うようだ。

表面に細かく砕いたコーンフレークのようなものがまぶされていて、とうもろこしのいい香りがする。

見るからにカリカリの表面は、食感を想像させて食欲を刺激してくる。

「おいしそうだわ」

「闇聖女、オレにもくれるか？」

「ええ、どうぞ」

まだ全員に丸パンが行き渡らない中、猫の姿をしたクロードがエステルの肩に乗って身を乗り出してくる。

（クロードったら）

涎を垂らしそうな勢いのクロードに笑いながら一口めを譲れば、彼はあーんっと大きな口を開けて丸パンにかぶりつく。

「……んにゃっ⁉」

丸パンを頬張った瞬間、クロードが全身の毛を逆立てて変な声を上げた。

「どうしたの？」

「……おいしいっ」

「お前、紛らわしいだろう？　妙な声を出すから、毒でも入っていたのかと」

ルシアンに咎められたクロードはへへへっと笑っている。

「カリカリした生地と、中のお肉のジューシーさが堪らないぞコレ。オレの分も買ってくれにゃ」

「おい、まず何でクロードがエステルのパンを食べてるんだ？　エステル、パンを交換しよう」

「気を遣ってるふうなんだけど、ルシアンが言うと変態ぽく聞こえるんだにゃ」

「黙れ」

ルシアンは迷うことなくクロードの首根っこを掴んで雪の上に下ろす。

「つ、冷たい！　鬼！　王子様鬼！　でもとにかく！　うまいんだにゃっ！」

騒がしさが申し訳ないが、それでもクロードの感想を聞いたリーナとスレヴィはうれしそうだ。

「ふふっ、でしょう？　丸パンのおいしさは控えめに言っても世界一だと思うの。フリード国が誇る宝だわ」

「特色のグラニテもおいしいけど、丸パンだけは温かくても食べられるんだよね」

自分たちの国をほめられてうれしいのだろう。

エステルも香りだけで、このパンが特別においしいのだと想像がつく。

（『丸パン』かぁ。カフェでも出せたらいいのだけど。お菓子を作ったことはあっても、パンは焼いたことがないのよね。お店に出せるクオリティで生地を作れるようになるまで、どれぐらいかかるのかしら？）

ルシアンと無理に取り替えることになってしまった丸パンを見つめ、自分も食べようとしたところで。

こんがりときつね色に上がったパンを包んでいる、ツルツルの紙に何かが書いてあることに気がつく。

（何かしら？　『光属性の？』）

――光属性の第五王子は災いをもたらす、生まれたことを命をもって償え
「……何これ」

その瞬間、肩の上にいたクロードがまた変な声を上げた。

「……んにゃっ⁉」

そうして、えづき始めた。

「おえー！　なんだコレ！　すんげえ気持ち悪くなってきたんだにゃ」

「クロード、大丈夫⁉　……ルシアン様、この丸パンを食べてはいけません！　私の包み紙に書いてある言葉を見てください」

エステルの言葉に、今まさに丸パンを頬張ろうとしていた面々はぎょっとし、緊張が走った。

毒入りだと示唆するエステルの手元を、ルシアンが血相を変えて心配そうに覗き込んでくる。

「何だこの文は。……エステルは大丈夫か？」

「はい、私はまだ一口も食べていませんでしたから。食べたのは私のものを味見したクロードだけです」

「気持ち悪いし腹いてえ。ルシアン、これは毒だぜ。オレは使い魔だからこれぐらいのダメージで済むが、人間が食べたら死ぬやつ」

「一体誰がこんなことを」

ルシアンの低い声が聖女像前の広場に響く。

この丸パンはリーナの付き人が信頼できる屋台までわざわざ買いに行ってくれたものだ。

しかも、その信頼できる屋台というのは王族貴族御用達で、経営をしているのは有力貴族らしい。

毒が盛られたりしたら、真っ先にその家が疑われるため、特に品質には気をつけているのだとこの広場に来るまでの間にリーナは言っていた。

　そのリーナは顔面蒼白になりながらスレヴィを心配している。

「スレヴィ!?　この丸パン、まだ食べてないわよね!?」

「うん、食べてないよ」

「貸して！　どこの誰がこんなことをしたのか調べさせるから」

「でも僕はこんなこと日常茶飯事だし、気にしてないよ。本当にいつものことだから」

「何言ってるの!?　だって、一歩間違えたら死んでいたかもしれないじゃないの……！」

　感情的に叫ぶリーナに、スレヴィはへへっと笑っている。

「大丈夫だよ、リーナ。子どもの頃からこんなことはたくさんあったけど、僕はこんな嫌がらせには一度も負けてない。生きてるもん」

「……でも……スレヴィ……」

　穏やかに微笑むスレヴィと、ガタガタと震えながら目に涙を溜めて心配するリーナ。

（何だか……違和感があるような）

　二人が感じている真実味のあまりの違いに、エステルは首を傾げたのだった。

第三章

聖女とスレヴィの秘密

Chapter 3

屋台で購入した丸パンが毒入りだったことを受けて、街での観光はそのままお開きになってしまった。

隠れるようにして急ぎ王城に戻った一行は、リーナの部屋に集まっていた。

スレヴィが毒を盛られたことを知ったリーナが、ショックであのまま倒れてしまったからだ。

広いベッドに寝かせられて真っ白い顔をしたリーナに、エステルはお手製のミルクティーを差し出す。

「これは私が淹れたミルクティーです。体力と気力が回復する効果がありますので、落ち着いたらお飲みになってください」

エステルが闇魔法の呪文を使って作ったものだから、それなりに効くはずだ。

リーナは気丈に応じる。

「ありがとう。これ、伝説の聖女様のレシピにもあったわ。私はこういうのが苦手だから使ったことがなかったけど。そのレシピ本、ほしかったらあげるから持っていっていいわよ」

「余計なことをお話しにならなくてもいいので、とにかく休んでください」

強がろうとするリーナにきっぱりと言えば、リーナの長い耳がパタンと枕の上に落ちる。

（相当にお辛そうだわ。丸パンの包み紙に書いてあった『光属性の第五王子』ってスレヴィのことよね。仲良しで幼なじみのスレヴィが狙われて、さぞショックだったことでしょう）

ベッドサイドでは、エステルのほかにスレヴィも膝をつき、リーナを心配そうに覗き込んでいた。

「リーナ、最近僕のことになると何かおかしいよ。もしかして疲れてるんじゃない？」

「……スレヴィには関係ないでしょう。それよりも早く国外追放されなさいよ」

「リーナがちゃんと休んで元気になるまではこの国を出ない。決めたから」

「あなたねえ。スレヴィのくせに何言ってるの？」

そんなやりとりを聞いていると、二人の仲の良さと絆の強さを感じる。

と同時に、違和感が強まるのだ。

（リーナ様がスレヴィを国外追放したなんて、やっぱりおかしい気がするわ）

ベッドから少し離れた場所でエステルたちを見守っていたルシアンが、王族らしい口調でリーナに進言する。

「失礼ながら、スレヴィがフリード国を追放された経緯には不自然な点が多いと存じます。このようなときにお話しすることではないかもしれませんが、私どもはスレヴィの役に立ちたいと思い、彼についてまいりました。なにかご事情があるのでしたら、ぜひお話しいただきたい」

「もちろん、元気なときでいいけどにゃ。まずはよく休め」

ひと足先にエステルお手製のミルクティーを飲み、毒から復活したクロードが、ルシアンの肩からリーナを見下ろしている。

ずっとリーナの枕元に跪いたままのスレヴィは三角形の耳が折れて、見るからに凹んでいる様子だ。

「……リーナ、もしかして僕のこと嫌いになっちゃった？　前はあんなに仲良かったのに……最近は何も話してくれなくなっちゃったし、国外に追放はするしで、わけがわからないよ。こんなことになるぐらいなら、死んだ方がいいよ」

「！　そんなこと、冗談でも言わないで」

青い顔をして横たわっていたリーナがふらふらと起きあがろうとする。

それをエステルとスレヴィは慌てて止めた。

「無理をしてはだめです」

「リーナ、横になっていて」

「だって、死んだ方がいいなんて言うから……！」

会話を見守っていたルシアンが落ち着いた様子でリーナを宥める。

「聖女リーナ様。私は闇魔法の使い手で、こちらのエステルも闇魔法を扱う聖女です。あなたがご覧になった『未来予知』ですが、闇魔法にそのようなものがあるとは聞いたことがありません。どうか、スレヴィを追放することになったご事情をお聞かせいただけませんか」

「……それは……」

とても広いリーナの部屋を、沈黙が満たす。

リーナは、心配そうなスレヴィの顔をじっと見ている。

そして、どこか遠くを見るように目を細めた後、観念したように話し始めた。

「……まさか、今日スレヴィが襲われるとは思わなかったの」

それは、スレヴィが襲われることは既定路線で、それよりも『今日』襲われたことの方に驚きを感じさせる言い方だった。

どういうこと、と目を瞬くエステルの前で、リーナは続けた。

「――スレヴィはね、二週間後に開かれる誕生日を祝うパーティーで殺されるの」


衝撃的な『予言』に部屋がざわりとする。

スレヴィはぽかんとしたまま、リーナに聞き返した。

「僕が……殺されるの？」

「そう。毒殺、攻撃魔法による焼死、監禁されて暴行されて殺される、誘拐されてその先で餓死。誰かによからぬことを吹き込まれ光属性魔法を暴発させたことによって裁判の余地もなく死刑、もあったわ。とにかく、誕生パーティーをきっかけに殺されるのよ」

「えっと、僕の死因は一つではないの……？」

リーナが『未来予知』によって未来を語っているスレヴィが困惑している。

本当なら、エステルもそっち側のはずだった。

けれど、リーナが語るスレヴィの死はエステルの心をざわつかせる。

（私とルシアン様には心当たりがある。何度も同じ場面を繰り返す死に）

確かに、エステルが死んだのは一度きりだ。

けれど、仮に一度でエステルを救えていなかったなら、ルシアンは何度だって死に戻ったことだろう。

（もしかして、リーナ様は幼馴染のスレヴィを助けるために、何度も死に戻っている……？）

リーナはエステルやルシアンと同じ闇属性魔法の使い手だ。

禁呪を使い、スレヴィを救うために何度も死に戻っていると考えるのが自然だろう。

エステルは恐る恐る聞いてみる。

「リーナ様が使っている魔法は、『未来予知』などではなく、『死に戻りの禁呪』というものではないでしょうか……？」

その瞬間、リーナは驚いたように目を見開いて固まった。それからルビーのような赤い瞳をさらに潤ませ、悔しそうに唇を噛んで頷く。

それは、禁呪によって死に戻っているという答えそのものだった。

「私は、この一年間ぐらいをずっと死に戻ってループし続けているの。全部、スレヴィを助けるためよ」


それから、リーナはエステルたちにこれまでの経緯を教えてくれた。

「今度のスレヴィの誕生パーティーは私にとって六回目になるの。一回目のときは、乾杯の飲み物に強力な毒が混ぜられていた。光属性の魔力の持ち主によく効き、かつ闇魔法での治療にも特別な呪文を必要とする、スレヴィを狙った毒よ。私は魔法で解毒するため魔法書を取りに戻ったけれど間に合わなかった。スレヴィは死んでしまって、私は死に戻りの禁呪を使ったの」

「リーナ……まさかそんな、僕は死ぬの？」

ぶるぶると震えるスレヴィに、横たわったままのリーナは気丈に声をかける。

「そんなの私が許すわけないでしょう？　だから、死に戻りの禁呪を使った。二回目のときは、誕生パーティーで出される飲食物を全部私が管理したの。今度は大丈夫だと思ったら、パーティーの最中に攻撃魔法が放たれた。何とか実行犯を捕まえたけど、自死されてスレヴィを狙った組織にはたどり着けなかった。それで、私はまた死に戻った」

ショッキングな内容に、誰も口を挟まない。

リーナは淡々と続ける。

「三回目以降は誕生パーティーを中止にしたんだけど、効果はなかった。四回目も五回目もそんな感じで、どんなに頑張っても誕生日の日の夜をきっかけにスレヴィは殺される。だから私は強硬手段に出たの。『スレヴィを国外に追放してしまえばいいんじゃない？』って」

「僕を嫌っているのはフリード国の人たちだもんね……」

自分が何度も殺される話を聞かされたスレヴィは青くなってぷるぷる震えている。

リーナはそんなスレヴィを睨みつけた。

「そうよ。それなのにどうして戻ってきちゃったのよ……！」

「だって……えっと、僕に理由を話してくれればよかったんじゃない？」

「そんなこと言えるわけないでしょう⁉　あなた死ぬわよ、なんて言えないわ。それもスレヴィに向かってなんて絶対に無理よ」

悲痛なリーナの声を聞いていると、エステルまで悲しくなってしまう。

（リーナ様が追放の本当の理由を隠していたのは、スレヴィを傷つけたくなかったからね）

思えば、ルシアンもそうだった。

下手をしたら、ルシアンの『意中の相手に本音がだだ漏れになる』という呪い返しがなければ、エステルは自分がなぜ死に戻ったのか永遠に気づかなかった可能性があると思う。

（今まで、リーナ様はスレヴィが殺されないように一人で頑張ってきたんだわ。今回は、私たちも手伝って何としてでもスレヴィの暗殺を阻止しなきゃ……！）

そう決意していると、ベッドに横たわったままのリーナは、はぁとため息をつく。

「私はスレヴィ暗殺の黒幕にいるのは光属性魔法を嫌う王族や貴族の誰かだと思っているけど、五回もスレヴィが死んでいることを思えば、もっと違う何かが出てきてもおかしくないと思っているわ」

「フリード国の王位継承権争いは落ち着いているものと思っていましたが、そうではないのでしょうか？」

王子様モードのルシアンに問いかけられて、リーナは悲しそうに頷く。

「王位継承権自体には争いはないわ。でも、第五王子が光属性を持っていることを良く思わない王族も貴族も掃いて捨てるほどいるわ」

リーナの外見からは決して想像できないような低い声と、鋭い瞳、沈んだ表情。

それだけで、これまでの五回のスレヴィの死がリーナの心にどんな陰を落としているかがわかってしまう。

（リーナ様はずっと一人でスレヴィの死と戦ってきたんだわ。大事な幼なじみが殺されて、それを救うために自分も死んで、って……。どんなに辛かったことか）

エステルは何も言えず、頷くしかなかった。

一方、涙を浮かべながら子犬のように静かに話を聞いていたスレヴィはリーナの手を握り直す。

「とにかく、リーナはもう休んで。僕は絶対に殺されないように気をつけるから」

「ポンコツなスレヴィが自分でそう言うのが、一番信頼できないのよ！　だって五回も死んでるんだもの！」

「ご……ごめん」

（二人の力になりたい。今度こそ、スレヴィを失わなくて済むように）

リーナとスレヴィの会話を聞きながら、ルシアンを見上げる。

（ルシアン様……？）

ルシアンの視線の先には、リーナもスレヴィもいない。

じっと遠くを見つめながら、何かを考えているようだった。

翌日、エステルだけがリーナの部屋に呼ばれた。

ターコイズブルーの扉を開けた先では、リーナがテーブルセットに座ってお茶を飲んで待っている。

あまりにも自然だったので、エステルは慌ててしまう。

「リーナ様⁉　起きていて平気なのですか⁉」

驚いたエステルに、リーナはふわふわの耳をピンッと伸ばして澄まし顔で応じた。

「大丈夫よ。もともと体が弱いわけじゃないし」

「それはよかったですが……よろしければまた私がミルクティーを淹れます。きっと回復が早まることでしょう」

「……ふぅん。今日、起き上がれるようになったのはやっぱり昨日あなたが淹れてくれたミルクティーのおかげね。伝説の聖女様の子孫で、闇属性魔力の持ち主ってどんなものかと思ったけれど、悪くなさそうね」

そうして、上品な所作でケーキスタンドからエステル用にケーキやサンドイッチを取り分けてくれた。

キャロットケーキに、イチゴのタルト、アップルパイにブロッコリーのポタージュなど、小ぶりのお菓子がたくさん並んでいて目にも楽しい。

（どれもおいしそうだわ）

フリード国で好んで食べられる氷菓子のグラニテはひとつだけ。ほかは全部オリオール王国で人気のお菓子ばかりで、エステルを呼ぶために準備してくれたのが一目でわかった。

リーナはかわいい見た目に反して、物言いがなかなかきつい。

けれど、慣れてしまえば不器用なだけなのだとも思う。

（リーナ様が早く元気になりますように）

ティーポットとともに小鍋とコンロが準備されていたので、エステルはミルクティーを淹れる準備を始めた。

昨日も思ったことだが、あまりにも道具が揃っていることに驚いてしまう。

「ティーセットとともに小鍋やコンロが準備されるのはオリオール王国だけの文化だと思っていました。フリード国もそうなのですね」

「フリード国は寒いから、その場で熱々のお茶を淹れて飲みたいのよね。茶器はもちろんのこと、お茶を淹れてくれるメイドまでセットで準備するのが普通よ」

「今日は私がいるので問題ないですね」

「まぁ、そうね」

小鍋とコンロが置いてあるのに、そのメイドの姿は見当たらない。

おまけに、いつもリーナに付き添っている二人のうさぎ獣人の姿もなかった。

（もしかして、リーナ様は人払いをされているのかしら。私に何か相談がある……？）

そんなことを考えながら、水さしから小鍋に水を注いで沸騰させる。

そこへティースプーン二杯の紅茶の葉を入れてぐつぐつと煮出してから、ミルクを入れた。

そうして、シャルリエ伯爵家の厨房に伝わる秘密の歌を口ずさんだ。

魔力もしっかり注げばより効果の高いミルクティーになる。

仕上げにシナモンなどのスパイスが入った小瓶を手にとったところで、リーナの鼻がひくひくと動いたのが見えた。

「……スパイス入りの紅茶はお好きですか？」

問いかけると、リーナは何も言わずにこくりと頷いた。

「わかりました。スパイスとお砂糖を少し多めに入れましょう」

出来上がったミルクティーを濾してカップに入れると、闇魔法が強力な効果を発揮する、特別な飲み物の完成だった。

（うん。上手くできた気がするわ。他国の聖女様に飲んでいただいてもきっと大丈夫）

丸いテーブルに二人で向かい合って座り、それぞれの前にミルクティーが入ったカップを置く。

ゆっくりとした動作でカップを口に運んだリーナは、一口飲んでラベンダー色の耳を跳ねさせ、微笑む。

「おいしいわ。きのうのは冷めていたけれど、出来立ては最高ね」

「ありがとうございます」

聖女の部屋はとても広い。

その空間に、エステルとリーナがお茶を飲み、お菓子を食べる音だけが響いている。

まさか、本当にお菓子を食べるためだけに呼ばれたわけではないですよね？　と不安になりかけたところで、リーナはやっと本題を切り出してきた。

「今、ルシアン殿下は何をしていらっしゃるの？」

「お部屋で過ごされているかと。オリオール王国宛に状況報告のお手紙を送ったり、いろいろとお忙しいようですから」

「……そう。実はね、一つあなたにお願いがあるの」

「私にできることでしたら」

エステルが快く微笑めば、リーナは躊躇したように唇を嚙んだ。それから、意を決したようにして告げてくる。

「――あなたの婚約者のルシアン殿下を貸していただけないかしら？」

想定外すぎるお願いに、エステルは目を瞬く。

「……貸すとはどのようなことでしょうか？」

（二週間後にあるというスレヴィの誕生日パーティーで、エスコートやダンスの相手としてルシアン様を借りたいということかしら？　または、フリード国の政治に関わることで何か知恵を貸してほしい？　もしかして、闇魔法関係で助けがほしいのかしら）

一瞬でエステルの脳内をいろいろな考えが駆け巡ったが、どれもリーナの希望とは違うようだった。

リーナはさっきまでの勝気な態度が嘘のようにしおらしく座り直してから、言った。

「それが、ルシアン殿下は私の意中の人だ、という噂を流させてほしいの……」

「…………」

引き続き、予想外すぎる頼み事に目を瞬くしかない。

（どうしてそんな噂を？　というか、リーナ様は本気なの……!?）

驚いているエステルだったが、リーナは控えめに話し始めた。

「私がスレヴィのことを好きなのは気がついているわよね」

「……はい。何となく、そうなのかなとは思っていました」

そのことは、初対面の日のリーナの表情から気がついていた。加えて、リーナはこれまでに五回も死に戻っているのだ。

いくら幼なじみのためとはいえ、普通ではありえない。

特別な感情があることは容易に想像できていた。

エステルが遠慮がちに頷くと、リーナは照れ隠しのようにふんぞり返る。

「私はフリード国でとっても大事にされている聖女なの。王宮の中にこんなに大きな部屋をもらって、大切に敬われて楽しく暮らしているの。これはぜーんぶ、王族の方々が私を聖女としてこの国に留めたいからよ。——だから、この国の王族は私に婚約者まであてがおうとする」

「リーナ様は婚約されているのですね」

「いいえまだよ。でも、そろそろ逃げられなくなるの。私は十五歳、スレヴィは十三歳でフリード国では結婚適齢期に入るんだから。どちらにもまだ縁談はないけど、忌避されているスレヴィはともかくとして、私には確実に婚約者をあてがってくると思う」

強がるように話すリーナだったが、表情は寂しげだ。

本当は、スレヴィの前で誰かと結婚するのは嫌なのだろう。

（もし、今回の死に戻りでスレヴィを救えたとしても、リーナ様の恋が叶うことはない……）

想像して悲しくなった。

「それで、どうしてルシアン様を好きだという噂を流したいというような話になるのでしょうか？」

「ルシアン殿下はとてもお顔がいいわ」

「……ええ、まぁ、それはそうですね……」

自分の婚約者の外見をあらためて褒められると、何と答えたらいいのかわからなくなる。

目を泳がせたエステルだったが、リーナの言葉は止まらなかった。

「お顔の他にも、佇まいがいいわ。王族としての気品にあふれ、自信に満ちたお姿はさすが生まれながらの王子様って感じね。そのうえ、他国で突拍子もない事件に巻き込まれても落ち着いて対応するクールさもある。闇属性魔力をお持ちだと聞いているけれど、見た感じ相当な使い手ね？」

「はい、リーナ様のおっしゃる通りではあるのですが……？」

訝しげなエステルに、リーナは目を逸らして小声で言った。

「そんなルシアン殿下のことを私がとんでもなく好きだという噂が回れば、私の機嫌を損ねたくない周囲はきっと同じぐらい素敵な殿方を見つけてこようとするわ。だから、婚約者探しは難航する。婚約者問題が先送りにできるわ」

「なるほど……」

「正直、フリード国の男はイマイチすぎるのよ。みんな私には弱いし、へこへこしてくるし、ちっとも魅力がないの。これまで、スケープゴートにできるような存在すらいなくて困っていたのだけれど、ルシアン殿下なら完璧だわ」

(こんなふうにおっしゃっているのに、リーナ様はその中でもスレヴィのことだけは五回も死ぬほど好きなのね)

ルシアンの呪い返しによって語られる愛も大概重いが、リーナの愛の重さにはせつなくなった。

ということで、エステルは快諾することにした。

「承知いたしました。リーナ様がルシアン様を好きだという噂、流していただいて結構です。私の方からもルシアン殿下にお話ししておきますね」

「ありがとう。助かるわ」

リーナはホッとしたように笑うと、自分もキャロットケーキを口に運んだ。

緊張が解けたような仕草に、エステルも安堵する。

(リーナ様は強がっているように見えるけれど、いろいろなことを考えて苦労されていらっしゃるのね)

一息つきつつ、自分へのルシアンの愛の重さを思い出したエステルは聞いてみる。

「禁呪には呪い返しがつきものと聞きます。リーナ様の呪い返しはどんなことなのでしょうか？」

「五回も禁呪を使っているから、呪い返しも五つよ。特定の闇魔法が使えないとか、闇魔法の呪文が読めないとか、そんなのばっかり。でも聖女として必要な呪文は大体覚えているから大丈夫。だけど、ひとつだけ困った呪い返しがあって」

　せつなげなリーナの瞳に、エステルは首を傾げた。

「困った呪い返し……？」

「ええ。一回目、初めての死に戻りで代償として現れた呪い返しよ。——私は、スレヴィに好きだと言えないの」

「好きだと言えない？　それは、言葉にならないということですか？」

「そう。とにかく、好意を伝えること自体がだめみたい。無理に伝えようとすると息苦しくなって、呼吸が止まりそうになるの。手紙もだめ。書いているうちに苦しくなる」

「……！」

　ルシアンと真逆の呪いに、胸が痛くなった。

（人に気持ちを伝えるのってすごく勇気がいることなのに。勇気を振り絞っても、それが相手に伝わらないなんて）

「もともと、スレヴィと私は幼なじみだもの。スレヴィは私のことを心配したり優しくしたりすることもあるけれど、別に好きとかそういうのじゃない。だから、スレヴィに振り向いてもらうにはこっちから好きだと伝えないといけないのに、それができなくなった」

「リーナ様……」

「仕方ないの。今はとにかく、スレヴィが生きてくれればそれでいいと思ってるわ」

気丈に振舞うリーナの真っ直ぐな眼差しには迷いがない。本当に、スレヴィを救えればそれでいいと思っているのだろう。

（ルシアン様によると、死に戻るときには自分で自分を殺す必要があるということだったわ）

まさに死ぬほどに痛くて怖い思いをしてまで助けたい相手に、気持ちを伝えられないなんて。

（リーナ様はどんなに辛い思いをされているのかしら）

リーナの想いを想像して辛くなったエステルは、瞳が潤みそうになるのを堪えてしっかりと頷く。

「私たちも、スレヴィがお誕生日の日の夜を乗り切れるようにできる限りのお手伝いをいたします」

「ええ、お願いね」

にっこりと微笑むリーナは、どこか吹っ切れたように爽やかだった。

第四章

お似合いの二人

Chapter 4

その日の昼食は、ルシアンの部屋に準備された。

ルシアンと、エステルと、人の姿をしたクロードの三人でテーブルを囲めば、ルシアンが不満げに眉間に皺を寄せる。

「クロード。お前なんで人の姿に戻ってるんだ。猫でいいだろ」

「だって、この国では動物の姿をした使い魔は人数にカウントされないみたいだからにゃ。オレはちゃんとごはんがほしい」

「この前の丸パンもクロードの分はなかったし、人間の姿になっていた方がいいわ」

クロードにだけいつもごはんがないのはかわいそうだ。クロードの味方をすれば、ルシアンの口から本音が溢れた。

「エステルと二人きりでランチのはずが、邪魔が入った」

「!?」

「クロードには後で何か運ばせるつもりだったんだけどな」

「……っ、ルシアン様？　本音が漏れています」

「………あまり恥ずかしいことは言ってないはずだよな？」

どうだろうか。

少なくとも、今エステルの頬は微妙に染まっているところではある。

「とりあえず、食べよう」

「そうですね」

恥ずかしさで気まずい空気の中、アクアパッツァにカリカリのバゲットを浸す。口に入れると、魚介のスープに白ワインの香りがふわりと香った。

（おいしい）

「うんめえ。仕方ない、ルシアンのために早食いしてやるか」

主君の意を汲んだらしいクロードはガツガツとランチを平らげていく。

アクアパッツァを食べ、ミモザサラダを食べ、デザートの桃のグラニテをペロリと飲み込んだクロードは席を立ち、猫の姿になった。

「オレは散歩でもしてくる。二人で仲良くランチをするがいいにゃっ」

「あっ⁉」

そうして、開いていた窓から外に消えてしまった。

（ランチを急いで食べて、どこかへ行ってしまったわ。まるで追い出されたみたい）

「クロードに悪いことをしてしまったのでは……？」

「気にするな。あいつもあいつで、それなりに楽しくやっているみたいだぞ。意外とノリノリだ」

「？」

ルシアンが言っていることがよくわからないが、とりあえずクロードにも用事があるらしい。

それならよかった、と食事に戻ると、ルシアンが問いかけてくる。

「エステルも俺に話したいことはない？　午前中、聖女リーナの部屋に行っていただろう。何か頼まれごとをしたんじゃないか？」

「その……それが」

リーナの『嘘の噂を流すことに協力してほしい』というお願いを思い出したエステルはフォークを置いた。

「実は、少し変わったお願いをされました。リーナ様は『聖女リーナはルシアン殿下が好きだ』という噂を流したいから許可がほしいと」

「ずいぶん突拍子もない頼みだな。どうしてそんなことになったんだ？」

「リーナ様はフリード国での結婚適齢期でいらっしゃいます。好きな人がいるのにたくさんの縁談が持ち込まれることに辟易していらっしゃるようで、時間を稼ぎたいと。それで、『完璧な意中の人』としてルシアン様を挙げたいということでした」

「聖女リーナの好きな人というのは、あの子狼か。エステルの家から出ていってくれるのは大賛成だから彼女の恋は全力で応援したいところだが……その頼みはあまり気に入らないな」

「リーナ様の好みの男性がルシアン様のように完璧な方だ、という話を広めるだけでもだめでしようか……？」

「だめなわけじゃない。ただ、少し面倒なことになりそうだなと思っただけだ。まぁエステルの頼みなら俺は何でも許可するけど」

そこまで口にしたところで、ルシアンは両手を組み、顎をのせる。

「で、完璧な意中の人、に俺がふさわしいと思った？」

「は、はい」

「その俺も、好きな人には気持ちが半分も伝わっていない……いや、伝わってはいるけど、エステルがどんなに頑張っても俺と同じだけは返せない、が合っているかな。とにかく、思い通りにならないことが多いな」

「そ、そんなはずは……」

自分の方がずっと気持ちが大きい、と伝えてくる憂いを帯びたルシアンが眩しすぎる。

(私もルシアン様のことをお慕いしているのに)

戸惑っていると、デザートのグラニテが運ばれてきた。

ルシアンはグラニテが入ったグラスをエステルの分も受け取る。

そのまま、スプーンでザクザクと崩して氷の粒をすくった。

「別に今のままでもいいな。俺はエステルが愛おしい。一緒にいても、離れていても、どんなでもね。お茶会の庭の端っこで、闇堕ち寸前の俺を救ってくれたあの日からずっとだ」

目の前には桃色の氷がのったスプーンがある。

ランチ用のテーブルはさほど大きくない。

このスプーンは向かいに座っているルシアンが差し出したものだ。

スプーンの先にのせられたグラニテと、ルシアンの顔を見比べる。

ほんの少し口の端を上げた、余裕のある笑み。

エステルは、躊躇しながら差し出されたそれをおずおずと口に入れる。

口の中に冷たい感触があったものの、甘さも桃の風味も感じられない。

（ドキドキして、味がしないわ……！）

焦りつつ、唇の端についてしまった氷の粒を拭こうとナプキンに手を伸ばした。

その瞬間に、エステルに大きな影が落ちた。

「でも、気持ちの差はこうして埋められる」

そのまま唇が重なる。

ほんの数秒だけ口付けたルシアンは、エステルから離れると唇を舐めた。

「グラニテ、甘いな」

「！」

（ルシアン様はなんてことを……！）

呪い返しとは全く関係ない甘さに、エステルはくらくらと眩暈がしたのだった。


噂とは、思いもよらない方向に転がっていくことがある。

そう、こんなふうに。

リーナに頼まれて『聖女様はルシアン殿下が好み』という噂を流すことを許可してから、わずか一日。

どういうことなのか、エステルたちは予定にない晩餐会に招待されていた。

エステルの隣に座った人間の姿をしたクロードは、いつもとは違っておめかしをしている。

そしてぷるぷると震えながら聞いてきた。

「おい、闇聖女。テーブルにフォークとナイフが死ぬほどたくさんあるんだが、どうしたらいいんだ⁉　しかもスプーンも大小中とサイズ豊富だぞ？　この食事会ではこんなにたくさんスープが出るのか⁉　お腹タプタプでメインディッシュが食べられなくならないか⁉」

「大丈夫よ、クロード」

宥めるようにして右隣を見ると、クロードは相変わらず震えていた。

首元の黒い蝶ネクタイがぴくぴくと揺れている。

普段とは全く違う姿に、思わず笑顔になった。

（それはそうよね。だって、使い魔のクロードはこんなにきちんとした食事会に出ることがないもの）

いつもなら、こんなときはルシアンが助けてくれる。クロードを落ち着かせて、震えを収めてくれるのだが……。

今日、ルシアンはエステルたちから随分と離れた高座にいた。

それをテーブルの端から見守るエステルの心は、ざわざわとする。

（ルシアン様は聖女リーナ様のお隣の席……）

あの『噂』を流すことを許可したときには想像しなかった状況に、複雑な気持ちになる。

何も知らないクロードも違和感を持ったらしい。

「ルシアン、何であんなところに座らされてるんだ？　オリオール王国から来た王子だからか？　それなら初日にもっと歓迎されてもよくないか？」

「それがね、リーナ様に頼まれて『聖女リーナはルシアン殿下のような完璧な方が好みだ』という噂を流したの」

周囲には聞こえないよう、できる限りの小声で答えると、クロードは不思議そうにする。

「なんでにゃ？」

「リーナ様に持ち込まれる縁談をお断りするためよ」

「ふーん。それでこんなことに。面白いにゃ」

クロードは驚くほどあっさりと状況を飲み込んでくれたが、エステルはどうしても戸惑ってしまう。

（まさか、噂が流れたことでこんなことになるだなんて）

リーナに頼まれて、『聖女リーナはルシアン殿下のような完璧な方が好みだ』という噂を流すことを許可したのが昨日の午前中のこと。

そのすぐ後、午後のお茶の時間には、数人の有力貴族がルシアンの部屋を訪ねてきたらしい。ルシアンによると「俺がどれほどの人間なのか品定めしに来たようだ」ということだったが、事態はそれだけでは終わらなかった。

夜になると聖女リーナとの会食に招待された。

ちょうど、エステルとスレヴィもルシアンの部屋にいたタイミングだったのだが、招かれたのはルシアンだけ。

それを、ルシアンは「婚約者を一人残して食事会に出るのは心配だから」という理由で断った。

すると今日、なんと晩餐会が開かれることになってしまったのだった。

（晩餐会が開かれることになったのは、ルシアン様が断れないようにするため……）

ただ、リーナに持ち込まれる縁談の数を減らして婚約者決定までの猶予がほしかっただけなのに、まさか『リーナ様の好みの男性、ルシアン殿下との仲を取り持とう』という方向に話が行くとは。

高座でルシアンと並ばされているリーナも、心なしか元気がない。

もともと垂れている耳にさらに重力に従わせ、こちらをチラチラと見ている。

一方、エステルの左隣にはスレヴィが座っていた。

『聖女様の意中の人ルシアン様の婚約者エステル』と『嫌われ者で国外追放を言い渡された第五王子』が見事に末席に座らされている状況があからさますぎる。

「何か、変な噂が流れてるんだよね。リーナの好きな人がルシアン殿下だって」

「えっと、違うの。ルシアン様のように完璧な人が好みだ、っていう話みたい」

「ふぅん。ルシアン様のように完璧な人かぁ……」

ただでさえ元気がなさそうに見えたスレヴィはがっくりと肩を落としてしまった。

それを見て、エステルは首を傾げる。

（スレヴィにどう思われているかについて、リーナ様は「別に好きとかそういうのじゃない」と仰っていたけれど……）

この反応は、どう考えてもそういうのではないだろうか。

スレヴィの様子を窺いながら、エステルはスープをすくう。

高座からは外交モードで完璧な王子様を演じているルシアンと、スレヴィ以外の人と婚約させられるのをどうしても避けたいリーナの、楽しげな話し声が聞こえてくる。

（これは演技でお芝居だもの。リーナ様の恋を応援するための、嘘。だから大丈夫。傷つくところではないわ）

そう思えば思うほど、一方で左隣のスレヴィのため息は深くなっていく。

こちらにも事情を説明してやりたいが、果たしてそれは許されることなのだろうか。

（リーナ様が知らせていないのだから、私が説明するのはいけないわよね……）

三角の耳を折り、しゅんとして全く食が進まない様子のスレヴィを見ると心が沈む。

スレヴィへの同情なのかと思えば、そうでもない気がしてしっくりこない。

そうしているうちに、周囲の会話が聞こえてくる。

「オリオール王国の第二王子、ルシアン殿下か。噂には聞いていたがとんでもなくいい男じゃないか」

「そうですね。聖女リーナ様が夢中になられるのも納得です」

「急遽晩餐会が開かれたのは、聖女リーナ様とルシアン殿下の仲を取り持つためという噂もありますね。確かに、あれだけの人を好みのタイプとして挙げられてしまっては、探すのが大変だ」

「国内で似た条件の貴族子息を探すよりは、リーナ様の意中の本人を婚約者として口説き落とす方が早いですからね」

「――それにしても、本当にお似合いの二人だ」

（そんな）

ルシアンが誘いに靡くとは思っていないし、リーナの事情もよく知っている。

けれど、どことなく心細い気持ちになる。

（このお話をしたとき、ルシアン様が『ただ、少し面倒なことになりそうだなと思っただけだ』と仰っていたのはまさにこの状況のことだったのかもしれないわ）

自分の安請け合いが理由だとはわかりつつも、こうなってしまってはもう、どうすることもできなかった。

晩餐会を終えたエステルは、クロードとともに客間へと戻った。

ルシアンが一緒ではないのは、リーナの隣に座らされ、国内の重鎮に取り囲まれて身動きが取れなさそうだったからである。

部屋に戻り、ソファに座ったエステルはぐったりと体を休める。

「疲れたわ……」

「オレもだ。無理、先に寝るにゃ……」

猫の姿になったクロードはよたよたと歩きながら窓へ向かい、出て行った。

きっと、このまま窓からルシアンの部屋へと戻るのだろう。

「いいなぁ……」

うっかり漏れてしまった声に、自分でもびっくりする。

（私ったら何を。ルシアン様とお部屋が別なのは当たり前のことだし、それに明日になればすぐにお話ができるのに）

いつも一緒にいてくれるルシアンが隣にいないだけで。

華やかな場所で女性を隣に置いているだけで。

まさかそれだけで、こんなに不安になるなんて知らなかった。

（考えてみれば、婚約してからはルシアン様の隣はずっと私だったもの。……これは、やきもち……なのかもしれない……）

抱え込んだクッションに顔を埋めたところで、部屋の扉が叩かれた。

コンコンコンコン。

（——誰？）

あまりにも性急なノックに首を傾げつつ扉を開けると、そこにはルシアンがいた。

「ルシアン様……？」

まさか晩餐会の後に訪ねてくれるとは思っていなかったエステルは、思わず目を輝かせる。

しかし。

「なぜ開けた」

「えっ」

不満そうなルシアンに、エステルは戸惑うしかない。

あんなにコンコンコンコンと扉を叩いておいて、一体どういうことだろうか。

しかし困惑するエステルのことは置いておいて、ルシアンは視線を室内へと滑らせる。

「クロードはいないのか？　どこへ行った」

「？　窓からルシアン様のお部屋に帰りましたけれど」

それを聞いたルシアンは、はー、と大きく息を吐いてソファに倒れ込む。

「あいつ、使えないな。……エステルもこんな遅くに部屋の扉が叩かれても開けないでほしい。これは婚約者命令だ」

「はっ……はい」

「もし開けるなら、クロードに開けさせろ。婚約者命令だ」

「はい」

婚約者命令、と繰り返すルシアンの様子はどこか変だ。そもそもこの場合、扉を叩いたルシアンの方にも問題があるのではないだろうか。

そんなことにも気づかず、ソファに座ったままエステルを熱っぽく見つめてくるルシアンを見て、エステルは閃いた。

（もしかして……）

「ルシアン様、少し酔っていらっしゃいます？」

「……そんなはずはない」

少しの間をおいて答えた口調が子どもっぽく、エステルは思わず微笑んでしまう。

「ルシアン様がお酒に酔ったところを初めて見た気がします」

「……だから、そんなはずはない」

自分は酔っていないと繰り返すルシアンだが、声色がいつもより格段に甘く、少しだけ幼い気がする。

顔色は変わらず見た目からは全く酔っているように見えないのに、いつもと違う振る舞いをしているのが新鮮だ。

そうして、ふと思いつく。

（人は、お酒に酔うと記憶をなくすのよね？）

エステルに限っていえばそうだ。

だから、夜会やパーティーではお酒を飲まないようにしている。

今日だって、スレヴィと一緒にオレンジジュースを飲んでいた。

（記憶がなくなるのなら、少しぐらいはいいかな……）

いつもより大胆に振る舞ったとしてもきっと問題ないだろう。

そう思って、エステルは遠慮がちにルシアンの隣に座った。

すると、ルシアンが固まったような気配が伝わってくる。

「……隣に座ってくれるのか？」

「はい。……今日は少し寂しく感じましたので」

「なに今の……」

隣でルシアンがエステルを凝視している。見つめる、ではなくて凝視だ。

これは本音が漏れ出ると思った瞬間にもう聞こえ始めた。

「さ　み　し　い？　かわいいな……。こんなにかわいいエステルは初めてで自分が爆発しそうなんだが……ほんの少し拗ねたようなこの表情は本当に俺に向けられたものか？　夢か？　いや夢じゃなくて現実だが……くっ……しかしエステルに寂しい思いをさせた自分が許せないな……万死に値する……しかしこんなかわいい言葉を言わせたのも俺だ」

エステルへの愛をぶつぶつ語りつつ、自分自身に怒りながらも賞賛している。

(爆発するってなに)

困惑を極めつつ、エステルはルシアンを自分の世界から呼び戻した。

「あの、ルシアン様」

すると、ルシアンは青みがかったグレーの瞳で覗き込み、意味深に問いかけてくる。

「俺がどうして酔ったか知ってる？」

「やっぱり酔っていらっしゃるのですね」

「少しだけだ」

ソファの隣同士に座っているから、距離が近い。

ルシアンの低い声がエステルの耳元で響く。

まるで囁くような甘い感覚にどきりとすれば、ルシアンは本音を語り始めた。

「今日の晩餐会は腹が立った。あいつら、俺に婚約者がいると知っているのに、聖女リーナのことを勧めてくる。おまけにその愛するエステルは下座であの子狼たちと楽しそうに食事をしている。何度テーブルを蹴っ飛ばしてエステルの隣に座りたいと思ったことか」

「ル、ルシアン様？」

いきなりヒートアップしたのでエステルは驚いたが、それでもルシアンは止まらない。

「俺がリーナの好みの男だという噂を流してほしいというのはエステルの頼みだ。だから今日は何を言われても否定せずに我慢した。でもイライラばかりが募って酒が進んだ」

「申し訳……」

謝ろうとしたところで、ルシアンは立ち上がり、ソファに座ったままのエステルに覆い被さるように背もたれに手をついた。

性急さはなく、ゆっくりと絡めとるような緩慢な動きだった。

けれど、エステルは全く動けない。

「俺の婚約者はエステルだけなんだけど？　いくら聖女リーナとスレヴィのためだとはいえ、どうしてこんな頼みを受けたんだ？　酷すぎない？」

「……！」

それは、まさにエステルが晩餐会の最中に感じていたことでもあって、何の言葉も返せない。

ただ、心臓がドキドキと早鐘を打つだけだ。

そして、両方の肩のところにルシアンの手がついてあって、逃げられない。

普段はここまで近づくことが少ない、ルシアンの透き通った瞳の中に、完全に戸惑っている自分の顔が映っていた。

ルシアンのわずかに上がった唇の端は、微笑んでいるようにも見える。

しかし、声音はそうではなかった。

どこか怒っているような、ふてくされたような響きに、申し訳なさを感じながらもときめいてしまいそうだ。

だから、つい、隠しておこうと思っていたもやもやした感情を伝えてしまう。

「ルシアン様、私も後悔しました。リーナ様の助けになりたくてお受けしたのですが、離れた場所にいらっしゃるルシアン様を見ていたら寂しくなって……っっ⁉」

最後まで言う前に、ルシアンの唇が重なった。

ほかにも伝えたいと思っていたことがあるのに、全てはルシアンの口の中に飲み込まれてしまう。

「エステル」

ふと唇が離れた瞬間に、名前を呼ばれてぞくりとする。答えようと思うと、また口が塞がれる。

何度も繰り返す深いキスに、頭の中が溶けそうだ。

（ルシアン様。待って、待って……！）

どんどんと胸を叩くが、ルシアンは止まらない。

それどころかおとがいに添えられていた手が後頭部に回った。

逃れられなくて、エステルはどうしようもない。

繰り返し落ちてくるキスに、どれぐらい翻弄されたことだろう。

しばらくしてやっとのことで唇が離れると、エステルはもう呼吸が続かなかった。

（息が……息が……）

はぁはぁと肩で息をしていると、ルシアンは名残惜しそうにエステルの頬を撫でた。

「これ以上はさすがにまずいな」

「……っ。で、では、これ以上の続きはないですね。よ、よかった……」

息も絶え絶え、何とかつぶやけば、ルシアンが口を押さえているのに気がつく。

「この続き？　……っっ」

みるみるうちにルシアンの顔が紫色になっていく。聞かせたくない本音を我慢しているのは明らかだった。

けれど、エステルにも会話の流れから、自分が発したとんでもない言葉が原因なのだとわかってしまっている。そしてその内容もだ。

濃厚なキスの余韻もあって、どんどん頬が熱くなっていく。

残念なことに、ツッコミ役のクロードはルシアンの部屋に戻ってしまった。今ごろは主人不在のベッドでふてぶてしくぐうぐう眠っていることだろう。

　このままではエスカレートする可能性があることを察したエステルは、両手で顔を覆いながらルシアンにお願いした。

「ル、ルシアン様！　今すぐに、お部屋に戻ってください……！」

「エステルの頼みだから晩餐会で頑張ったのに、もう部屋に戻れと？　しかも、隣に座ってきたのはエステルだろう？」

「そっ……それはそうですけれど！」

　これ以上甘く迫られては、ドキドキで心臓が破裂してしまいそうだ。

　そんなエステルの心中を慮ることなく、ルシアンはまた唇を重ねてくる。

　腕の中にエステルを閉じ込めるようにしてのしかかってくるルシアンの重みで、ソファに身体が沈む。

　優しいのにまるで食べられてしまうようなキスに、頭の中がぼうっとして、意識が遠くなる。

（でも、明日の朝になったらきっと、ルシアン様もこのことはお忘れになるのよね。それなら恥ずかしくないかも……だけど、こんなに強引なルシアン様、初めてだわ……）

　豹変ぶりに戸惑いつつ、全てを諦めてしまいたい気持ちになる。

　その甘すぎる時間はもうしばらく続いたのだった。

翌日。

急遽、エステルはルシアンとともに聖女リーナの部屋へ呼び出されていた。

「リーナ様、御用とはどのようなことでしょうか？」

問いかけると、リーナは不敵に微笑んだ。

「今日はね、作戦会議よ」

「僕が殺される誕生日パーティーまであと十日ほどだから、当日のことについて打ち合わせしようってリーナが言うんだ」

そうして、スレヴィはルシアンを見ている。

けれど特別な用はないようで、すぐに目を逸らしリーナの手元にある紙を覗き込む。

（…………）

明らかに気を遣って挙動不審な様子に、エステルは昨日の晩餐会のことを思い出した。

（スレヴィは『聖女リーナ様はルシアン様のように完璧な人が好みだ』と知って、とても落ち込んでいたものね）

昨日の会場で同じように凹んでいたエステルにも気持ちはよくわかる。

何となく仲間意識を感じたところで、席についたばかりのはずのルシアンからとんでもない発言が聞こえてきた。

「昨夜のエステルはかわいかったからな」

「待ってくださいルシアン様？」

本音がだだ漏れるのがエスカレートするのを防ぐため、できる限り反応をしないことにしているはずが、うっかり突っ込んでしまった。

しかし、まずは状況を整理したい。

（間違いなく、いろいろと誤解を受けそうな発言だわ……!?）

現に、十五歳のリーナは顔を引き攣らせて頬を染め、十三歳のスレヴィが目を丸くしていた。

けれど、自分の本音が漏れていることにまだ気がついていないルシアンは、そのまま続ける。

「昨夜のエステルは、わざわざ呼ばなくても俺の隣に座ったんだ。そして、『寂しかった』と俺に囁いた。何度思い返してもかわいすぎないか？　部屋に戻ってから百回は反芻した。エステルの、」

「ルッ……ルシアン様！」

あわてて叫ぶと、ルシアンもやっと自分の本音がだだ漏れていることに気がついたようだ。

胸を押さえ、息苦しそうにしながら自分の言動を後悔している。

「……っ、殺してくれ……苦し……っ」

「うっわー今までで一番おもしれえわ」

「ルシアン様、大丈夫ですか!?」

クロードはお腹を抱え涙を流しながら笑っていて、全く介抱する気がないらしい。

　けれど、ルシアンはいつも通りエステルの手を優しく拒絶する。

「エステルは、離れてて……、心配されてうれしい自分が、心の底から気持ち悪すぎる……最悪だ」

　これまで大体クールに振る舞っていたルシアンがいきなり妙なことを口にし、その後で苦しそうに悶えながら狼狽し始めたので、リーナとスレヴィは大変に困惑しているようだった。

　エステルもエステルで、この状況を全然受け入れたくない。

　昨夜のやり取りを知られたうえに、とんでもない誤解があったことが発覚したからだ。

（なぜ？　どうして？　――人はお酒に酔ったら記憶をなくすんじゃなかったの⁉　だから、ちょっとだけいつもとは違う振る舞いをしてしまったのに！）

　まさか、ルシアンはそういうタイプではないのだろうか。

　半ばパニック状態のエステルはルシアンに聞く。

「ルシアン様。お酒に酔っていたのに記憶をなくしていないのはどうしてですか⁉」

「……っ？　何を……？　普通は酔っても記憶は飛ばないが」

「えっ」

　エステルに絶望が広がった。

（つまり、ルシアン様は昨夜のことを詳細に覚えていらっしゃる⁉）

　自分の失態を把握した途端、急に恥ずかしくなる。

　さっき、リーナの部屋に行くため、迎えに来てくれたルシアンはいつも通りだった。

ルシアンの顔を見て、昨夜のことを少しだけ思い出したものの、彼が覚えていないのだから恥ずかしがったりそのことに言及する必要はない。

そう思って、普通に過ごしていたのに。

エステルとルシアンのやり取りを見ていたクロードは、疑問に気がついたようだ。

「あーおもしれぇ。でも待て。昨夜、エステルはオレと一緒に客間に戻ったよな。で、オレは先に寝るって言ってルシアンの部屋に行ってベッドを占領して寝たんだが……オレが寝てる間に何かあったのか？」

「話せないな」

「ルシアン様!?」

何でも本音を話してしまうはずのルシアンが拒否したことに、驚いてしまう。

そして、ルシアンはきっぱりと言い切った。

「昨夜のエステルのことは一生忘れないし、誰にも話さな、……っ」

「……っ、ルシアン様!?　それです！　それを言わないでください……！」

「……最悪、だ……」

ルシアンはまた胸を押さえて壁にもたれかかり、クロードが「しかたにゃいな」と言いながら介抱に向かう。

結局、誤解を招く意味深すぎる答えになってしまっただけだった。

状況が少し落ち着いたところで、静かに見守っていたスレヴィが不機嫌そうに口を開く。

「さっきからずっと思ってたんですけど、ルシアン殿下はちょっと酷くないですか？」

「俺が？　そうだな自分でもそう思う」

「違います。エステルへの愛が重いことを言っているわけではないんです」

いつもはかわいい印象のスレヴィだが、今日はいつもより大人びた視線を纏っている気がした。

三角の耳をピンと立て、ルシアンに真っ直ぐに向き直る。

「ルシアン殿下とエステルが婚約者同士ですごく仲がいいのは知っています。でも、僕の幼なじみの聖女リーナがルシアン殿下を慕っていることは知っていますよね」

（スレヴィ、噂を真に受けてすっかり勘違いしているわ……！　晩餐会では否定したのに、どうして……！）

話を聞いていたエステルは慌てたが、スレヴィはそのまま続ける。

「叶わない恋があることは知っています。ルシアン殿下がリーナを選ぶことがないのもわかっています。でもせめて、本人の前でこんなふうに仲が良すぎる姿を見せるのはやめてもらえませんか……！」

スレヴィの言葉は、リーナを心の底から気遣うものだった。

呆気に取られているエステルたちに、スレヴィは強い意志を宿した瞳で伝える。

「もうすぐ、僕は誕生日パーティーで殺される運命にあります。でも今度こそ、自分で自分の命を救いたいと思います。きっと、あなただったら誰に頼ることもなく自分で助かっていると思うから」

まるで、リーナの『理想の相手』だというルシアンへの対抗心を示すような言い方だった。

(スレヴィはやっぱりリーナ様のことが好きなのね)

そう思ったところで、リーナが立ち上がる。

「ごめんね。スレヴィには何も言っていなかったんだけど、あれは演技なの」

「え?」

スレヴィがぽかんと口を開ける。

「私がルシアン殿下を好きなのも、ルシアン殿下みたいな人が理想なのも、ぜーんぶ嘘。だって、私が好きなのは……っ」

勝気な瞳で続けたリーナだったが、最後になるといきなり咳き込み始めた。

ゴホゴホと咳をしながら苦しそうに喉のところを押さえている。

「リーナ？　大丈夫⁉」

「……っ、何でも、ない。大丈夫よ……っ。やっぱりダメか」

(これが、リーナ様の呪い返しなのね……)

成り行きを見守っていたルシアンも、察したようだった。

リーナとスレヴィに聞こえないよう、小声でエステルに告げてくる。

「なるほど、こういうことか。エステルが彼女に協力したいと思った理由がわかった。自分の言葉で伝えられないのだから、せめて誰とも結婚しないでいたいと」

「はい。でも、リーナ様はスレヴィ様に好かれていないとお思いでしたが……どうやらそうではない気がします」

「そうか。……俺の呪い返しはこれ以上ない拷問だと思っていたが、悪くない方なんだろうな。俺は、むしろ呪いに背中を押してもらった方だ」

　ルシアンの言葉に、改めて切なくなる。

（スレヴィがリーナ様に気持ちを伝えたらいいのだけれど。スレヴィは自信がないのよね……）

　こればかりはどうすることもできなくて、もどかしさが募る。

　一方、しばらく呼吸を整えていたリーナは皆に向き直った。

「私がルシアン殿下を好きだと嘘をついていたのは、くだらない縁談を持ち込まれたくなかったからよ。ルシアン殿下が好みだと言っておけば、周囲の人々はあきらめるでしょう？」

　まるで強がるように、美しく微笑んだリーナにルシアンが相槌を打つ。

「俺はエステル以外好きじゃないしな」

「王子様、言い方ひどい。使い魔のオレは？」

「もちろん好きじゃない方だろ」

「ぎゃんっ！」

　ルシアンの言葉にクロードが悲鳴を上げると、部屋には笑いが起こった。

　この部屋に集まって早々の、あらゆる意味で微妙な空気はなくなった。

　それから、リーナが神妙な顔つきになって口を開く。

「それじゃあ、あらためて作戦会議を始めましょうか？　十日後にはスレヴィの誕生日パーティーよ。……絶対に、もうあんな思いはしたくないの」

さっきまでの和気藹々とした空気は一瞬で消えた。

（そうよね。だって、スレヴィの命がかかっているんだもの……！）

「僕、死にたくないなぁ」

「当たり前だ。俺が死なせないから安心しろ。エステルではなくお前を守るのは不本意だが」

（……ルシアン様）

エステルのカフェの二階で呆れながらスレヴィを起こしていたのと変わらない、いつもどおりのルシアンの声音にひどく安心する。

さっきまでの本音がだだ漏れの姿とは全く違う、鋭い瞳をしたルシアンが、ものすごく頼りになる気がした。

第五章

運命の夜会

Chapter 5

それから十日後。

あっという間にスレヴィの誕生日がやってきてしまった。

「まず、最初のときのスレヴィは、飲み物に混ぜられた特殊な毒で死んでいるわ。だから、会場の食べ物には絶対に手をつけないこと。誰かに渡された飲み物にも、絶対に手をつけてはダメ。私にはどのグラスに毒が入っているかはわかっているけれど、念には念をいれるのよ」

「うん、わかった。約束するよ」

聖女リーナのだだっ広い部屋。今日の振る舞いについてリーナとスレヴィが確認するのを聞きながら、エステルはミルクティーを淹れていた。

小鍋に茶葉を煮出して、ミルクを加える。

闇魔法の呪文が組み込まれている歌を、今日は特に丁寧に歌う。丁寧に歌いつつも、楽しいことを思い浮かべる。

(だって、もしかしたら誰かが毒を飲んでしまうかもしれないんだもの)

この後、夜会が行われるが、エステルは常にこのミルクティーを持ち歩く予定だ。

毒や呪いを解くには、解毒薬やその呪いに適応した特別な呪文が必要になる。

現に、一度目のときのリーナは魔法書が間に合わず、スレヴィを救えなかったと言っていた。

けれど、エステルのミルクティーならほぼ全ての毒を無効化できる。もっとも効率の良い方法に思えた。

(リーナ様のこれまでの人生から、今夜は確実に毒が使われるわ。何とか回避しないと)

気合を入れると、ルシアンが手を挙げた。

「今日の動きの確認なんだが、俺は聖女リーナをエスコートすると見せかけて、主役のスレヴィと合流する。そして、スレヴィに何らかの攻撃が仕掛けられたら護衛に徹する。これでいいな？」

「ええ、もちろんよ。私とルシアン殿下の噂が変な形で広まってしまったときはどうしようかと思ったけれど、こんな形で役に立つなんてね」

リーナが頷くと、ルシアンはさらに確認する。

「二度目のときは魔法で攻撃されたんだったな。エステルのそばにいられないのは残念だし心配だが、今回の刺客の狙いはスレヴィだ。いろいろな事情を考慮すれば、俺が守るのが一番いいだろう」

「ルシアン殿下、お願いね。……記憶では、スレヴィが倒れたのはパーティーが終わりに近づいた頃のことだったわ。中庭から窓を突き破って火魔法が飛んできたのよ」

「そのときの実行犯のことは調べてあるな？」

「ええ。今も尾行させていて、少しでも怪しい素振りを見せた瞬間に捕えるように指示してあるわ。三度目、四度目、五度目それぞれの犯人についても同じよ。きちんとルシアン殿下の指示通りにしたわ」

「いいだろう。準備は整ったな」

ルシアンとリーナの会話は、十日前の作戦会議を踏まえたものだった。

本来、スレヴィの護衛にはフリード国から専用の人間をつけるのが望ましいが、リーナによると三度目でそれをやったところ、王族の私設な護衛組織からなぜか情報が漏れてしまったのだという。

だから、スレヴィの護衛は自分たちでするしかないのだ。

ルシアンはそのことも甚く気にしていたが、今日の作戦では言及しないようだった。

（これまで五回も死に戻っていて、それぞれ犯人が違うんだもの。六度目の今回もまた違う犯人が出てくると考えるのが自然よね）

ちなみに、先日街の屋台で購入した丸パンに毒が入っていた件についても調べたらしいが、当日の調理を任されていたアルバイトの青年が行方不明になっているという。

身元を辿っても、偽の住所や名前が使われていたようで毒が混入した原因についてはわからずじまい。

結局、その屋台は王族御用達の看板を取り上げられて調査が終了したということだった。

いろいろなことを回想しつつ、エステルは淹れ終わったミルクティーを小鍋から漉してポットに入れ替え、カートに載せた。

このカートは目の届くところに置いておくつもりだ。万一、何かがあったときにすぐに取り出せるように。

「闇聖女、そのミルクティー少しくれにゃ。喉が渇いた」

人間の姿で盛装をしたクロードが喉を鳴らして寄ってくる。

「少しだけならいいけれど今日は猫の姿にならないよう、魔力を調節して飲んでね……って、その傷は何？」

　見ると、クロードの頬に引っ掻き傷ができていた。

　ルシアンの使い魔であるクロードは相当に強く、傷を作ることなど滅多にない。

　今夜の作戦に関わって何かあったのか、と思ってしまう。

　けれど、クロードはエステルからカップに注いでもらったミルクティーをごくごくと飲み干して、口の端をぺろりと舐める。

「気にすんにゃ。女はめんどくさいなって話だ」

（女は、めんどくさい……？）

　もしかして、クロードはここで滞在中に誰かと仲良くなって恋仲になり、そして喧嘩でもしたのだろうか。

（そういえば、この前もランチを急いで平らげてどこかへ出かけて行ったような）

　スレヴィ暗殺を防ぐための作戦決行前、緊張感に包まれていたエステルだったが、ほんの少しだけ遠い目になる。

　なるほど。使い魔も恋をするのね、と感心したところで、その変化は起こった。

「あら？」

　クロードの頬から、引っ掻き傷がすうっと消えてしまったのだ。

　ついさっきまでくっきりとあったはずなのに、跡形もなく消えていた。

「闇聖女、どうかしたか？」

「クロードの頬にあった傷が消えたわ」

「このミルクティーおいしかったからにゃ。効果が高まったんじゃないか」

確かに、エステルのミルクティーに怪我を回復させる効果があることは、近所の子どもたちでもなんとなくわかっていた。

でも、まさかこんなにはっきり効果が見えるとは。

(集中して作ったおかげかな。でも、これならスレヴィのお誕生日パーティーの最中に何かがあっても大丈夫そうだわ。毒や怪我の類なら、きっと何とかなる)

ほっとしてカートを見つめていると、ルシアンとクロードの会話が聞こえた。

「エステルにはクロードがついていてくれ。お前が死んでもエステルだけは守れ」

とんでもなく重い命令が聞こえてきてしまった。

「はいはい。まぁ、この『顔だけ聖女』さんはフリード国でもちょっと有名になってきちまったからな。余計なやつらに絡まれないようにしつつ、ちゃんと守るにゃ」

「頼むぞ」

エステルが『伝説の聖女様』にそっくりなことは少しずつ知られるようになっている。

この前の晩餐会をきっかけに広まったのだが、きっと今日は少し面倒なことになる気がしないでもなかった。

(スレヴィのことを守るために私はここにいるのに、皆に余計な気を遣わせてしまって申し訳ないわ……）

　これまで、リーナは一人でスレヴィを救おうとしてきた。

　スレヴィを傷つけるのが嫌で誰にも打ち明けることができず、一人きりだったせいで打てる作戦には限りがあった。

　けれど、今日はそうではない。

　部屋の中央に立ち、誰よりも似合う淡いピンクのドレスを着て腕組みをしたリーナはふわりと微笑む。

「今日の目的は、過去の犯人五人全員を同時に捕まえて、背後にいる人間のことを吐かせるのよ。そして、そいつを消すんだから」

　程なくして、大広間でパーティーが始まった。

　たくさんの光と音に彩られた煌びやかな会場。

　そこへ、大勢の招待客が詰めかけていた。

　さすがフリード国、客のほとんどが何らかの動物のしっぽや耳を覗かせた獣人たちである。初めての光景に、いつものエステルだったら胸を弾ませていたかもしれない。

　けれど、主役として挨拶したスレヴィに、皆から誕生日を祝う笑顔は向けられてはいなかった。

　どちらかというと、スレヴィからは目を逸らし、できるだけ話しかけられないようにしている空気を感じる。

「スレヴィの誕生日パーティなのに……」

こんな空気なのは、スレヴィが『嫌われ者の第五王子』だからなのだろう。

自分にも似たような経験があるエステルは思わず絶句したが、本人は全く気にしていない様子だ。

「うわぁ、ビュッフェ台にたくさんの種類のグラニテがある！　……って、今日は会場で出された食べ物に手をつけちゃいけないんだっけ」

スレヴィがブンブンと振りかけた尻尾が一瞬で床についた。

本当にかわいそうだが、今日ばかりは許可してあげるわけにはいかなかった。

「また今度食べましょうね」

「うん……エステルが作ったミルク氷のかき氷のまた食べたいな」

「今度作るね」

「わーい」

（こんな空気の中でも無邪気に振る舞えるスレヴィのメンタルが強すぎるわ……）

心の中で称賛を送るエステルだったが、ルシアンも同じ気持ちのようだ。

状況を気にしないでマイペースに振る舞うスレヴィを、呆れたように見ている。

「お前は……本当に犬みたいだよな、ため息が出る」

「ルシアン殿下、迷惑をかけてごめんなさい」

「それはいい。今日一日お前を守り切れば、円満にエステルのカフェから子狼が消えて、俺のモヤモヤも消えるんだ。これ以上のことはない。安心して守られろ。そして死ぬな」

「もやもや……？」

エステルはルシアンの本音に突っ込むのはやめたのだが、きょとんとしたスレヴィはしっかり拾っている。やめてほしい。

とはいえ、右手はルシアンの腕を掴み、左手はリーナにしっかりと掴まれているスレヴィは、まるでひとりでは歩けない、ぷるぷると震える子犬のようだった。

どこからどう見てもかわいい。

（彼を邪険に扱えるフリード国の人たちはどうかしているのではないかしら。そして、こんな空気に動じないスレヴィって意外と大物なのでは）

そう思ったところで、ルシアンはエステルとクロードから離れていく。

ここからは別行動するつもりのようだ。

「クロード、エステルを頼む」

「了解にゃ」

クロードが応じると、リーナは一歩進む。

「いきましょう、ルシアン殿下、スレヴィ」

「ああ」

ルシアンがここから別行動するのは、できる限りエステルから危険を遠ざけるためにも思えた。

（それでなくても、かしこまったパーティーってご挨拶とかいろいろ大変だものね）

正しい振る舞いを知っていながら、スレヴィの護衛ができて、それでいて常にそばにいても不自然ではない存在。

ルシアンがいるだけで、リーナはかなり安心しているように思える。

ただ、ごちゃっとしていて見た目としては美しくない。

「あいつら、おもしれーな。離れた場所から見ると、聖女リーナをルシアンとスレヴィが取り合ってるように見えるぞ」

「……それは……」

クロードの言葉に、エステルの表情は曇る。

（ルシアン様の気持ちにお変わりはないし、リーナ様も全くそんなつもりではないのだけれど……少しだけモヤモヤするような）

今ならさっきルシアンが言っていた『俺のモヤモヤも消える』の意味がわかる気がする。

しかし、この状況を招いたのはエステル自身なのだ。

ただ反省するしかなかった。

（オリオール王国に戻ったら、ルシアン様にきちんとお話ししなきゃ。ルシアン様は私のことを最優先で考えてくださっているのに、私はその気持ちに答えていなかった。優しさに甘えて好きなことをしているんだもの。――ルシアン様は私の婚約者なのに、なんてそんなことを思う資格はないわ）

フリード国への滞在で、エステルは結婚はいつでもいいと言ってくれているルシアンの愛の深さを知った気がしていた。

(この旅が終わったら、結婚について話を進めたいとルシアン様にお話ししよう)

そこで変化は起きた。

訝しげなクロードの声が頭上から降ってくる。

「――あれ、闇聖女、見ろ」

「?」

顔を上げると、不自然なひとかたまりになって移動する三人に一人のウェイターが近づくのが見えた。

そして、飲み物が入ったグラスをスレヴィに渡した。

リーナも過去で経験したことなのか、顔を強張らせてスレヴィの腕をがっしり掴んでいる。

(……つまり、あれは毒入りなのでは……!)

緊張が走ったものの、打ち合わせ通り、スレヴィはグラスに口をつけない。

それをリーナが奪うようにして受け取り、匂いを嗅ぎ、顔を顰めた。

見ていたルシアンがそのウェイターに何か頼み事をするように耳打ちすると、ウェイターは軽く頷いて裏へと戻って行く。

心なしか、足取りがふらついているような気がする。

じっと見ていたクロードがふぅんと鼻を鳴らす。

「一人目、捕まえたみたいだな」

「？」

「見えなかったか。ウェイターの足元に黒いもやがかかってた。一時的に相手の意思を奪う、ルシアンの闇魔法だ」

「……えっ？」

「裏で待っている聖女リーナの配下の人間に引き渡すんだろうな。これで、残るは四人。さっさと捕まえて本題の大元にいる人間を捕まえるところに行きたいよにゃ」

「…………えっ？　今ので、もう一人目が捕まったの？」

「そうだにゃ。順調、順調！」

　一度目の人生のスレヴィが死んだ場面をあっさり回避できたことに驚いてしまう。

（こんなに簡単でいいの……？　ううん、本当にルシアン様に頼り甲斐があって、リーナ様の読みが当たっていただけかもしれないけど、それにしても……！）

出来過ぎではないだろうか。

そんなことを考えながら、あまり目立たないように気をつけつつ過ごす。

とはいえ、『伝説の聖女様』によく似た顔をしているというエステルは、どうしても注目を集めてしまう。

　定期的に誰かに話しかけられては、愛想笑いでやり過ごすという流れをひたすら繰り返すことになってしまった。

（伝説の聖女様は想像以上に慕われているのね。これで、少しでも光属性魔法が使えるなんてわかったら大変なことになりそうだわ。フリード国で嫌われている光属性魔法を、崇拝されている聖女様によく似た顔の人間が使うんだもの。私が狙われるぐらいならまだしも、この国の価値観が変わって政情不安になる可能性があるのでは）

ルシアンがスレヴィを引き取ってもいいと言ったのも、フリード国が安定した国だからだ。

何度も死に戻っているリーナも、スレヴィが殺されることこそ危惧すれ、他のことは何も気にしていなかった。

（いくらスレヴィが助かっても、この国にトラブルを持ち込んではいけないもの）

細心の注意を払いながら、できる限り目立たないようにして過ごし、どれぐらい時間が経ったのだろうか。

ふと、エステルの前に一人の背の高い女性が立ちはだかった。

「こんばんは。あら、噂通りだわ。本当に伝説の聖女様そっくりのお顔をしているのね」

（……この方は……？）

腰まである黒い髪に、頭の上に二つ並ぶ三角の黒い耳、尖った牙がのぞく赤い唇。

とても美しい、長身の猫獣人の女性だ。

ドレスではなく軍服のようなものを身につけているが、男性と同じ服装をしていても妖艶な空気を纏っている。

まるで、正面に立っているだけでつい赤くなってしまうような、何ともいえない色香を放っていた。

　エステルとは身長の差が大きく、完全に見下ろされてしまう。

「オリオール王国からまいりました、エステル・シャルリエと申します」

　一応、挨拶をすると、猫獣人の女性はそれを無視してクロードに話しかけた。

「それで？　あなたは謝罪に来ると思っていたのに、来ないでこんなところで子守なんてしていたのね？」

「めんどくせぇな」

　クロードは片頬を上げてチッと舌打ちをする。

　知り合いなのか、と驚いたが、このクロードの答えを聞くと、頬の引っ掻き傷の相手はおそらく彼女なのだろう。

（そういえば、前にルシアン様が「あいつもあいつでそれなりに楽しくやっている」と仰っていたわ。つまり、そのお相手はこの方……？）

　敵対心全開で睨みを利かせてくる彼女は、エステルのことを上から下まで舐めるようにじっくりと見てくる。

「見たところ、身体能力が低そうだし魔力も弱そうね。……なるほど、フリード国の王子様の婚約者だからわざわざクロード様が護衛についているのね？　いいこと？　ここは特別な能力を持つ者だけが暮らしていける、特別な国なの。悪いことは言わないから、早く出ていきなさいな」

（!?　いきなりこんなことを仰るなんて、この方、ものすごい差別主義者なのね……）

直接言わず『顔だけ聖女』という間接的な表現に留めていてくれた母国が、ものすごく優しく思えてしまった。

怒りも劣等感も何もかも消えて呆然とするエステルだったが、ルシアンからエステルの護衛を任されているクロードは聞き流すわけにはいかないようだった。

頭をぽりぽりかきながら、これ以上なくかったるそうに息を吐く。

「ふーん。妬いて、恋敵に見える女を攻撃か。見た目のサバサバ感からは想像できないほどめんどくさいタイプだな、あんた」

「!?　なっ……パ、パーティーに誘ったのに、断ったあなたが悪いんでしょう!?」

「どうして遊び相手の誘いに乗らないといけないんだ？　だって『遊び相手』、だぞ？」

悪びれる風もなく言い放ったクロードに、猫獣人の女性の顔が真っ赤に変わった。

「言わせておけば……！」

怒り狂っている彼女を前に、エステルは焦る。

（せっかくのスレヴィのお誕生日会なのに。それにここでトラブルが起きたら、スレヴィ暗殺の犯人を捕えるという本来の目的が台無しになってしまう）

けれど、クロードは全然その辺のことを気にしていないようだった。

ルシアンから命じられているのは『お前が死んでもエステルは守れ』。

遊び相手とトラブルを起こして作戦を台無しにしてはいけないことなどは眼中にないようで、猫獣人の彼女をなだめる気は全くないようだ。マイペースに無視している。

（待って、使い魔に情緒はないの……⁉）

　仕方がないので、エステルが割って入るしかなかった。軍服を着た迫力美人相手に反論するのは怖いが、クロードが役に立たないので仕方がない。

「どうか落ち着いてくださいませ。このパーティーはスレヴィ王子殿下のお誕生日会です。このように騒いではお祝いの席に水をさすことになります」

「ふーん。あなた、顔だけかと思ったらなかなか言うじゃないの」

　猫獣人の彼女は目をカッと見開くと、エステルにずいと顔を近づけた。

「いいこと？　覚えてらっしゃい。デートを邪魔した罪は重いわよ」

「にゃ、デート？　だから誰が……むんっ⁉」

　やっぱり面倒そうに応じつつ、目の鋭さを増したクロードの口をエステルは押さえる。

　これ以上、事態を面倒な方向に持っていきたくはなかったのだ。

（クロードって、猫の姿になってお腹の中に何でも入れちゃうのよね。ここでそんなことが起きたら大変！　クロード、我慢して……！）

　それを見ていた猫獣人の彼女は、とんでもなく意地の悪い顔をしてぷいと踵を返した。

「フン！　あんたみたいな弱い女を見てると、虫唾が走るわ！」

　そうして、黒髪をなびかせ、軍服に合わせたヒールの音を鳴らしながら去っていく。

（随分嫌われてしまったみたいだわ。スレヴィの暗殺を阻止する作戦とは関係ないみたいだから、別にいいのだけれど）

猫獣人の彼女の後ろ姿を見守った後、エステルはしおしおとクロードに謝った。

「クロードって遊び人だったのね。意外だわ。ごめんね、いつも私のカフェで護衛なんてさせていて……」

「そこかよ」

「だって」

普段、クロードはルシアンに命じられてエステルのカフェで暮らしている。

もちろん、エステルの護衛のためだ。

(でも、クロードが遊び人……いえ、遊び使い魔だったのなら申し訳ないわ、楽しみを奪っていることになるんだもの)

王都のはずれの素朴なカフェ。あの場所はどう考えても、夜遊びになんて行ける場所ではないし、クロードが無理をしているのは明白だった。

申し訳なさすぎて謝ったエステルだったが、クロードとしてはどうやら違うらしい。

「……違うにゃ。オレがあのグレンダって名前の猫と遊んでたのはちょっと違う理由があって」

「違う理由?」

「んにゃ。ルシアンが戻ったら話……」

その瞬間、会場全体が揺れるような轟音が鳴り響き、視界が炎の赤に染まる。

(な、何!?)

反射的にクロードがエステルを守るように覆い被さり、肩越しに、離れた場所にいるルシアンが氷魔法で大きな盾を作るのが見えた。

ルシアンの氷の盾は大広間ごと覆っている。スレヴィだけではなく、ここにいる全員を守るような巨大なものだ。

「キャーッ」

周囲には悲鳴が響き渡り、食器やグラスが割れ、テーブルが倒れる音がする。パーティーに参加していた人々は皆逃げ惑っていた。

（何が起きたの……!?）

その中でリーナは青い顔をし、スレヴィはリーナの手を掴み、そんな二人の前にルシアンが氷の盾をかざして立ちはだかっているような形だ。

エステルを守っているクロードが半笑いでつぶやく。

「あーあ、ルシアン、派手にやってんなぁ」

「派手にって」

震えながら立っているのがやっとのエステルに、クロードはニヤリと笑う。

「今のだろ、二度目のスレヴィが死んだっていう攻撃魔法」

「！」

見ると、ルシアンの氷の盾には数発の攻撃魔法を跳ね返したようで、ところどころが溶けて大広間の絨毯に水溜りを作っていた。

（スレヴィ……！）

「大丈夫だ。もう魔法は飛んでこないにゃ」

「え？」

「外から飛んできていた、火属性魔法の使い手の魔力が感じられない。きっと、もう捕えたはずにゃ」

「⁉　もう⁉」

ルシアンはリーナに『過去の実行犯のことを調べ上げて尾行しておき、少しでも怪しい素振りを見せた瞬間に捕えるように』と言っていた。

今の攻撃魔法を放った瞬間に捕えたのだろう。

（いくら何でもスムーズすぎるのでは⁉）

一方の会場内は騒然としていて、誕生日パーティーどころではなくなっている。

我先にと避難していく人々で大広間の出入り口はごった返し、怪我人も出ているようだ。

「本当に……その魔法使いは捕えたの？　こんな簡単な攻撃だけで終わるなんて、おかしくないかしら」

「まー確かににゃ。スレヴィが五回も死んで、リーナがその数だけ死に戻った日のはずなのに、ちょっと不自然な気がしないでもないな」

「そうよ」

「でもにゃ」

この状況が不思議でならないエステルに、クロードが追い打ちをかける。

「闇聖女は静かに潜伏するのに夢中になっていて気づいてないみたいだったが、今ので五人目だにゃ」

「ええっ⁉」

見ていなかった自分も悪いが、あまりにも早すぎるのではないか。

「順調に捕えていったら、六人目七人目が現れるんじゃないかと思って警戒してたんだが、さすがにここまであからさまに主役が攻撃されたんじゃパーティーはお開きになるし、実行犯だって今日の暗殺はもう諦めるだろうな」

「確かに、この状況でスレヴィを狙うのはもう無理よね」

スレヴィはいくら嫌われ者の第五王子でも、表向きは王族だ。

聖女の予言で国外に追放されても、戻ってくれば誕生日にこれだけの盛大なパーティーを開いてもらえるだけの立場なのだ。

その証拠に、大広間で呆然とする人々の前、十人以上の兵士がスレヴィたちを守るように取り囲み、警戒しながら表へと出ていく。

リーナはスレヴィと共に退出し、ルシアンは会場に残るようだ。

(まさか、こんなにあっさり終わるなんて……)

呆然としていると、ルシアンが戻ってきた。

「エステル、怪我は」

「いいえ、私はこの通りです」

無事だと示すため両手を差し出せば、ルシアンはそれをぎゅっと握る。

「――よかった。エステルに何かあったら、俺は生きてはいけないからな」

「………」

これまでのことを思えば全く冗談になっていないため、エステルは目を泳がせる。

これ以上、本音がエスカレートしないようにコントロールするため、できるだけ応じないようにしたい。

それをわかっているのかいないのか、ルシアンは手を握ったままクロードに向き直る。手を離してほしいが、今のところその気配はなかった。

「クロードもご苦労だった。それで、何か他に変わったことは？」

「んーにゃ、特には。あいつ、所属的に六人目かと思ったんだけどなぁ」

「クロードの読みが外れたのか？」

「んーーーにゃ。まぁ、そういうこともあるかもしれないにゃ」

「……それか、六人目以外か」

意味深すぎる二人の会話に目を瞬くと、ルシアンが教えてくれる。

「クロードには『三度目』のときにスレヴィの護衛についた女を探ってもらったんだ」

「！　王族の私設な護衛組織に頼んだはずなのに、情報が漏れてしまったときのことですか？」

「ああ。だが、動きはなかったようだな」

「あの女。引っかかれてやったのに、驚くほどに不審な動きはないし、何の収穫もなかったにゃ」

不満そうなクロードの言葉と表情で、これはあの猫獣人の女性の話なのだとわかる。

（なるほど。別にクロードは女性とのお遊びが好きなわけではなく、ルシアン様の指示でさっきの方の身辺を探っていたのね）

どうやら、クロードは任務のために女性と遊んでいたようだ。

王都のはずれでの不便な暮らしを強いていなくてよかった、とほっとしたところで、ルシアンが怒りをあらわにする。

「こんなことがあった後で心苦しいんだが、俺は黒幕を吐かせるためすぐにリーナたちに合流しないといけない。聖女リーナ、『黒幕を吐かせられなかったらやっぱりスレヴィはオリオール王国に国外追放かな……エステルって優しいし実は闇属性魔法が使える聖女だし、身元引受人として最適よね』なんて言ってきたんだが、あいついい神経しすぎだと思わないか？」

ルシアンの怒りにくつくつと笑いながら、クロードが頷く。

「おっけー、そういうことなら闇聖女のことはオレに任せとけ。あとでちゃんと連れていくにゃ」

「くっそ……エステルと一緒に旅行に来ているのに、隣にいるのが俺じゃないなんてどんな拷問だ？　クロード、そこを退け」

「王子様、落ち着いて」

「だって夜会仕様のエステルがかわいすぎるんだよ！」

ヤケクソ気味な心の声がしっかり聞こえてはいるが、それさえなければルシアンはとてもクールに振る舞っているように見える。

そのギャップがとんでもなく恥ずかしすぎるエステルは俯くしかない。

（こんなときでも本音が隠せないなんて……！）

周囲の視線を感じて恥ずかしくなったエステルは、ずっと握られたままだった手を離そうとした。

「ル、ルシアン様。私は全く問題ありませんので、どうぞリーナ様とスレヴィのところへお急ぎになってください」

「…………」

伝えると、つい一秒前まで本音をだだ漏らしていたルシアンは不満そうにエステルの手を離し、少し強引に背中を抱き寄せる。

「!?　ルシアン様……っ」

そうして、心の準備もないままに口付けられた。会場に残っている参加者たちから驚きの声が上がる。

（ルシアン様、人前で何てことを!?）

状況が受け入れられず逃げ出したいエステルだったが、ルシアンは全く気にしていないようだ。

ほんのわずかな間で唇を離し、そのまま息のかかる距離で告げてくる。

「この国でどんな噂が流れていようと、この会場で俺と聖女リーナをくっつけようとする思惑が蠢こうと、俺の婚約者はエステルだけだ」

「その、皆さんが見ていらっしゃいます。少し離れ、」

「早く結婚して、俺だけのものになったらいい」

「――――!」

(早く結婚して、って……!)

それを聞いたエステルの感情は、あまりにもストレートに表情に出てしまっていたのだろう。

エステルと目を合わせたルシアンはハッとしたように離れた。

「……っっ。悪い……っ。今のは、何でも……クロード、後は……頼む」

「ルシアン様?」

そのままルシアンは口を押さえ、早足で会場の外へと消えてしまった。

見送ったクロードは呆れたように聞いてくるのだった。

「あーあ。今のは本当に聞かせたくない本音だぜ。エステル、どうするんだ?」


パーティーがお開きになったので、ルシアンが先に向かった部屋に、エステルも遅れて向かうことになった。

途中、クロードとともに王城の門へと続く回廊付近を通りかかる。

その周辺は馬車の手配を待つ人々でごった返していた。

不測の事態によりスレヴィの誕生日パーティーはお開きになったうえに、本来の終了時間よりも少し早かったためだ。

さっき起きたことの余韻もあって、皆が興奮している様子だ。そのざわざわしている中を、考え事をしながら抜けていく。

「……これまで、いろいろとルシアン様の本音を聞いてきたのだけれど、ルシアン様が本気でしまったという顔をしたところを見たのは初めてかもしれない……」

「確かににゃぁ。ルシアンは闇聖女のことを本当に好きすぎるから、結婚のことはあまり考えないようにしてるっぽいぞ？」

「私が嫌がると思っているのかしら」

確かに、求婚を受ける条件として『カフェを続けられること』を挙げたのはエステルだ。

けれど、結婚が嫌だからその条件をつけたわけではない。

「ルシアン的には待つ以外あり得ないんだろうな。エステルのカフェが軌道に乗って、余裕を持って結婚のことを考えられるようになるまで待ってるんだろうにゃ。……そんなに大事にしてる相手に、恥ずかしい本音が筒抜けになるって……王子様本当にかわいそうだにゃ」

かわいそうと言いつつ笑いが止まらなくなったクロードをエステルは少しだけ睨みつける。

「ルシアン様を馬鹿にしないで」

「あっ、悪い悪い。……エステルが自分のために怒ったって知ったら、ルシアン喜ぶにゃ」

「もう！　私は真面目に悩んで……って」

（あら？）

いよいよ本格的に腹が立ち始めたところで、エステルの視界にとある令嬢の姿が映った。

エステルよりもわずかに年下のように見える美しく着飾った少女が、人混みから離れて草むらに座り込んでいるのだ。

頭には、リーナとは違う形のウサギの耳がついている。

形よくぴんと立ち、時折ひくひくと動く耳がかわいらしい。

けれど、彼女は泣いているようだった。

（何かあったのかしら？）

気になったエステルは声をかけてみる。

「どうかなさったのですか？」

「その……さっきの騒ぎで驚いて足を痛めてしまって」

涙で頬を濡らす令嬢の視線の先を辿ると、そこには赤く腫れた足首があった。

靴を脱いでいるところを見ると、靴に入らないほどに腫れてしまっているうえに、ものすごく痛むのだろう。

（これは……なんて酷い怪我なの）

「これでは歩くこともままならず、帰れないでしょう。手当を」

「⁉　いいえ、そんな……って、あなたは」

そこで、令嬢はエステルの顔が伝説の聖女にそっくりなことに気がついたようだった。

挙動不審になった少女の前で微笑みつつ、エステルはクロードに指示する。

「クロード、そのミルクティーをこちらの方に淹れて差し上げて」

「はいよ」

声をかけると、クロードは手に持っていたトレーの上でミルクティーをカップに注いだ。

作ってからだいぶ時間が経ってはいるが、効果は確かなはずだ。

（今日、ミルクティーを使わずに済んでよかったわ。ここでこの方にさしあげられるもの）

「冷めてしまっていますが、きっと落ち着くと思います。ぜひお飲みください」

カップを差し出せば、令嬢は恐縮しながらも受け取った。

「ありがとうございます」

そうして、すぐに口をつける。

普通、貴族令嬢は見知らぬ人間に勧められた食べ物を口にすることはないが、エステルの顔が伝説の聖女様にそっくりだったため警戒心が緩んだのだろう。

喉が渇いていたのか勢いは止まらず、ごくごくと飲み干してしまった。

カップをソーサーに置いた令嬢は、ぎこちなく微笑む。

「おいしかったですわ。少し落ち着きました、ありがとうございます」

「いいえ。このようなことでお役に立てるのなら、いくらでも」

笑みを返したエステルだったが、令嬢の涙は乾いたものの、表情はまだどこか沈んだままなことが気になる。

（まだ痛みが引かないのかしら）

ミルクティーの効果を気にして見つめていると、令嬢は躊躇いを見せた後、遠慮がちに口を開く。

「実は、明日は婚約者と半年ぶりに会える日だったのです。ですが、この足では会えなくなってしまいましたわ」

「まぁ……」

（だから泣いていたのね）

エステルにも覚えがある。

基本的に、政略結婚の婚約者との面会日時は随分前に決められている。もしそこで体調を崩したりしてしまったら、その次の機会まで待たなくてはいけないのだ。

ルシアンと過ごした、形ばかりの婚約者としての面会の日々を思い出す。

（私も、幼い頃からルシアン様と定期的に面会をしていたわ。後半の方は月に一度お会いできるようになったけれど、初めの頃は半年に一度しか会えなかったのよね。自分が結婚する相手がどんな人なのか知りたかったけれど、なかなか叶わなかった）

あの頃、エステルはルシアンがただ与えられた義務をこなしているとしか思っていなかった。

実は、その陰でルシアンがこんなに重く自分を好きでいてくれたとは。それを思うと、つい感情移入してしまう。

（きっと、この方は婚約者を心から慕っているのね。だからこんなに泣いていたんだわ。……あら？）

そこで、微妙な感覚に気がついた。

令嬢の周辺に、わずかに瘴気が感じられることに。

瘴気は目で見えるものではないが、途轍もなく嫌な感じがするため、子どもの頃から聖女になるための教育を受けていたエステルにはすぐにわかる。

『穢れ』とも呼ばれる瘴気のもととなるのは、人の営み全てだ。

そのなかでも、魔法使用の形跡などは特に瘴気を生みやすいものとして知られているが、実は負の感情も多くの瘴気に変わりやすい。

（魔法のせいで怪我をして、婚約者に会えなくなってしまったんだもの。瘴気が生まれるのは当たり前のことよね）

普段なら、この国の聖女リーナが浄化してくれるだろうと手を出さないのだが、婚約者に会いたかったと泣いていた令嬢にエステルは同情してしまった。

（リーナ様は、スレヴィ暗殺の犯人を捕まえるために今は忙しいはずだわ。水鏡を覗く時間などなくて、きっと明日までには浄化できない）

「失礼します」

迷わずに令嬢の胸のうえに手をかざし、光魔法の呪文を唱える。

穢れがあると、いくら闇魔法で作ったミルクティーを飲んでも治りが遅くなる。少しでも助けになりたいという気持ちからだった。

すると、わずかに光が湧き上がり、手の周りがぼんやりと明るくなる。

（とはいえ、私の光属性の魔力なんて義妹のアイヴィーに比べたら子どものお遊びみたいなものだったけれどね）

これは、エステルがかつて『顔だけ聖女』と揶揄されていた頃に呼ばれていた頃の、オリオール王国での聖女としての魔法だ。

（私はリーナ様がされるような闇属性での浄化のことをあまり知らないわ。私の闇魔法では瘴気の発生を抑えられても、生まれてしまった瘴気を消すことができない。でも、光魔法でなら）

幸い、エステルにはわずかしかない光属性魔力でも、この量の瘴気なら容易に浄化ができる。

「これは⁉」

「瘴気を消すものです。大丈夫、私の国では一般的な魔法ですから」

「…………」

令嬢は呆気に取られたままエステルの手元を見ている。

光魔法はフリード国では嫌われているが、同時に極めて希少な魔法でもある。使用しているところを見たことがなければ、これがそうだとは気づかないだろう。

「終わりました。足の調子はいかがでしょうか？」

問いかけると、令嬢は目を丸くした。

「あらっ？　腫れが引いて……全然痛くないですわ！」

「よかったですわ」

立ち上がり、靴を履いた令嬢は驚いた様子で足踏みをしてみたり、くるりと回ってみたりする。

そうして、うれしそうに微笑んだ。

「ありがとうございます。……聖女様」

フリード国で、その呼び方をされたのは初めてだった。

(よかった)

程なくして、令嬢の迎えの馬車が現れた。

迎えの馬車に乗り、何度もこちらを振り返り、うれしそうに手を振りながら帰って行った令嬢を見送る。

(明日、彼女が婚約者の方と会えますように)

そんな願いを込めたところで。

「――っ！」

急に、クロードが何かに反応して暗闇の方を振り向いた。

いきなり厳しくなったクロードの表情に、エステルは首を傾げる。

「どうしたの？　誰かいた？」

「いや。――おかしい。誰もいないのか」

「？　そう？　では行きましょうか。あまり遅くなるとルシアン様が心配するもの」

「まー、そうだにゃ」

違和感を追求することなく、エステルたちはそのまま聖女リーナの部屋に向かったのだった。

聖女リーナの部屋では、五人の実行犯たちが特別な椅子に座らされて闇属性魔法にかけられているようだった。

広い部屋の片隅、五つの椅子が円形に配置された場所から少し離れたところで、ルシアンとリーナが話している。

「ルシアン殿下は私が使えない闇属性魔法をたくさん使えるから助かるわ」

「スレヴィをここに置いていくためなら俺は何でもする。エステルとの平穏で幸せな日々の邪魔者は排除したい」

（⁉）

エステルがいない場所でも、真剣な顔で大真面目に重い愛を語るとは。

偶然にもそんな会話をしているところで扉を開けてしまったエステルは、気まずさに打ち震えるしかなかった。

（タイミングが……悪かったわ……）

つい少しばかり前に「早く結婚したい」と聞いてしまったエステルは、まだその答えを伝える心の準備をしていないのだ。それに、とにかく気まずい。

（一旦開けてしまった扉を閉じて……しばらく廊下で待とうかしら）

そんなことを考えたものの、使い魔のクロードは空気を読むことがない。

「ルシアン、エステルを連れてきたにゃ」

「!?」

大声で宣言されてしまったので、エステルはあわあわとした。

ちなみに、エステルをいつものように闇聖女とは呼ばず、きちんと名前で呼んだのは同じ闇属性魔法を使うリーナに気を遣ったのだろう。

けれど、エステルの居心地の悪さについても少しは気にしてほしい。

「クロード、ご苦労だった。こっちも一通りは終わった。精神に干渉する類の魔法を使ったから、念のため向こうで話すか」

ルシアンはそう答えると、慣れた仕草で自然とエステルの肩を抱きバルコニーへと案内する。

後ろをついてくるリーナが、興味津々にまじまじとこちらを見ているのを背中いっぱいに感じる。

（ルシアン様にとっては当たり前のことかもしれないけれど……！）

エステルは、ルシアンが本当に隠したかったと思われる「早く結婚したい」を反芻しながらエスコートされるしかなかった。

バルコニーではスレヴィが一人で待っていた。

おそらく、闇属性魔法の使い手ではなく精神に干渉する類の魔法に耐性がないため、締め出されたのだろう。

不満げな表情から経緯が手に取るようにわかる。

けれど、エステルを見つけたスレヴィはいつものように人懐っこく笑った。

「エステルとクロードも戻ってきたんだ。おかえり」

「ただいま戻りました。招待客の皆さん、無事に帰って行ったわ」

「うん、見てた」

手すりに腕を乗せ、王城の外を見つめるスレヴィの視線の先には帰っていく馬車の明かりが見える。城下町へと続く、その点々とした光が幻想的だ。

それを見つめながら、スレヴィはため息を吐く。

「僕、一応はこの誕生日パーティーを乗り切ったことになるんだけど、全部ルシアン殿下とリーナのおかげだったな。守られるばかりで、二人がかっこいいなって思ってる間に全てが終わってた」

それを聞いていたルシアンはさも当然というように腕組みをする。

「感謝するといい。これで心置きなくフリード国に戻って来られるだろう？　エステルのカフェに居候する必要はなくなったな。よかった、これで何の問題もなくなる」

「王子様、それ王子様だけの問題だにゃ」

「……!?」

クロードがいつも通りに突っ込んだところで、ルシアンは大人気ない本音がだだ漏れていたことに気がついたようだ。

口を押さえて黙り込んでしまったが、顔色が紫色になることはない。

目を閉じ、精神統一をしているようだ。

なるべく苦しくない方法で本音だだ漏れを回避するための、新しい手段である。

いつもならここで本音に恥ずかしくなって赤くなるだけのエステルだったが、少しルシアンの気持ちがわかってしまう。

スレヴィと暮らすのは楽しかったものの、この前ルシアンと過ごした甘い夜のことを思い出すと、ああいう時間がなくなってしまうのは寂しいような気がしていたからだ。

（私は初めてできた弟のような存在にはしゃいでいて、何もわかっていなかったのかもしれないわ……）

その瞬間の感情を優先させたせいで、ルシアンにだけ嫌な思いをさせていたことを察し、申し訳ない気持ちになる。

一方、いつの間にかスレヴィと並び、王城から城下町への景色を眺めていたリーナは真剣な瞳で口を開く。

「今夜はとりあえず乗り切ったけれど、私はこの誕生日の夜にスレヴィが死んだり誰かに捕えられたりということしか知らないの。明日からは何が起きるのかわからない。……その手がかりを少しでも知るためにルシアン殿下に闇魔法を使ってもらったのだけれど……まだ有力な情報はないのよね」

「精神に干渉する類の魔法を使ったと仰っていましたよね。一体、どんな闇魔法を使ったのですか？」

　エステルが問いかけると、ルシアンが教えてくれる。

「自白に導く闇属性魔法をかけた。心の鍵が開いて、何でも聞かれるがまま話してしまう、最悪に性格が悪い魔法だ」

「自白に……。そのうえで有力な情報がないというのは、彼らの自白に共通点はなかったということでしょうか？」

「いいや。そう判断するにはまだ早すぎるかな。本当に知りたいことを自白させるまでには数日かかることも多いんだ。本当は拷問にかけた方が早いところではある」

　ルシアンの言葉に、リーナが厳しい表情になる。

「これまでに、何度か捕まえた犯人を拷問にかけたことはあったけれど、裏で糸を引いている人物については絶対に口を割らなかったわ。無駄よ。やっぱり精神に干渉する闇属性魔法じゃないと。……私にはそういう攻撃系の闇属性魔法は扱えないから、ルシアン殿下がいてくださって本当に良かったわ」

　リーナがルシアンのことを褒めるのを聞いていたスレヴィはあからさまにしっぽを下げ、三角の耳をしゅんと折る。

「やっぱり、僕はリーナに守られてばかりだ。ルシアン殿下にもすごく助けてもらって……リーナの理想の人には程遠い」

（スレヴィ……）

自覚しているか定かではないが、スレヴィは明らかにリーナに対して特別な感情を持っている。あとはリーナが気持ちを伝えれば、きっと二人は収まるところに収まるはずなのに。

そうならないのが見ていてもどかしかった。

「⁉　スレヴィは何を言っているの？　私は……っ」

リーナがスレヴィの『リーナの理想の人には程遠い』を否定しようとしたその瞬間、言葉が詰まった。

一生懸命話そうとしているのに声にならなくて、必死に口をぱくぱくさせている。

そのうちに、顔色が紫になり始めた。

（！　これは呪い返しだわ。きっと、リーナ様はスレヴィに自分の好きな人はスレヴィだと言いたいのね。けれど、最初に禁呪を使ったときの呪い返しのせいで言葉にできない……）

「リーナ様」

せめてリーナの背中をさすろうと一歩踏み出したエステルだったが、意外なことに先にスレヴィが割り込んだ。

「大丈夫、リーナ⁉　苦しそうだけどどうしたの⁉」

「大丈夫、よ……。私は、ただ……っ」

額に汗を滲ませながらもリーナは言葉を紡ごうとする。

けれど、言おうとすればするほど息苦しそうになり、呻き声しか出ない。

「……っ。くっ……！」

「リーナどうしちゃったの⁉　もしかして、さっきのパーティーで何か毒のようなものを口にしたとか⁉　ルシアン殿下、どうしよう！」

　真っ青になって心配するスレヴィだったが、ルシアンは答えない。

　けれど、興味がないようにも見えなかった。何かを待つように、静かに見守っている。

（どうして？　……そうだわ、私がリーナ様の呪い返しのことをお話しすれば）

　そう思って一歩前に出ようとしたエステルだったが、それはルシアンに止められてしまった。

　優しく腕を掴まれたエステルは抵抗する。

「⁉　ルシアン様？　どうして止めるんですか」

「だめだ。俺だったら、ここでエステル経由で想いを伝えられたら後悔する」

「それはその通りですが、でも」

「大丈夫。見ていて」

「！」

　ルシアンの低く響く声でエステルが落ち着きを取り戻したのと同じように、リーナも次第に呼吸が整い、普通に会話ができる状態に戻ったようだった。

　ゆっくりと深呼吸をして、額に浮かんだ汗を拭きながらいつも通りに微笑む。

「……ごめんね、もう大丈夫よ。びっくりさせちゃったわね」

　それを聞いたスレヴィは悲しそうにしゅんとする。

「リーナは僕が頼りないから話してくれないんだね。ルシアン殿下もエステルも、リーナが具合悪そうにしている理由をちゃんとわかっているのに……僕がだめだから、リーナは話せないんだ」

「そうじゃないわ。ほんっとうに、スレヴィは手がかかるわね……」

年上らしく微笑んだリーナは、スレヴィの頭を撫でようと手を伸ばした。

ぎゅっ。

けれど、呆れた表情を浮かべたリーナの手を、スレヴィがしっかりと掴んでいる。

「なっ……何⁉」

意外な展開に驚き、ルビー色の目を丸くしたリーナにスレヴィははっきりと告げた。

「リーナの理想の人がルシアン殿下なんだったら、僕もそうなれるように頑張るよ。僕には高すぎる理想だけど……ルシアン殿下みたいになったらリーナの側にいていいかな。今夜、僕はリーナに救われたけど、本当は不満なんだ」

スレヴィの突然の告白に、バルコニーはしんとする。

さっきまで耳を折り、しっぽを地面につけて悲しそうにしていたスレヴィの姿はない。

頬を染めて、リーナのことをまっすぐに見つめている。

「は……はい？　えっ？　まっ……え？　えっ⁉」

言葉の意味を少しずつ理解して挙動不審になり始めたリーナに、勢いをつけるように唇を噛んだスレヴィが真剣な表情で念押しをする。

「ルシアン殿下と一緒にいるリーナを見てわかった。僕はリーナが好きなんだ」

「……！」

「リーナに釣り合うように頑張るから……僕に少しでも可能性があるのなら、頷いてほしい」

「わ、わたし……」

うれしそうに微笑んだリーナはこくこくと頷く。

想いが伝わったことに感極まったらしいスレヴィはリーナのことを抱きしめた。

とんでもないスピード展開に安堵していると、エステルの腰にルシアンの手が回る。

「……邪魔をしては悪い。行こうか？」

「はい」

ルシアンに小声で誘われて微笑んだエステルは、バルコニーを後にする。

（頷くだけなら、息苦しくなることもないものね。……本当によかった）

第六章

呪い返しを解く方法

Chapter 6

それから数日が経っても、実行犯たちの自白は始まらなかった。

ルシアンは定期的に自白を促す闇魔法をかけ直しに行っているが、残念ながら今のところまだ効果は出ていない。

一方のリーナは闇魔法による自白とは別の方向から彼らの交友関係を調査しているようだったが、そちらの成果もまだ上がっていないということだ。

一点だけ、彼らの頬や足などに不思議な引っ掻き傷があることが共通点だったのだが、それも多くがこの数日のうちに自然に治癒し、消えてしまった。

消えたということは、特定の組織の印というわけではないことになり、調査はまた振り出しに戻ったのだという。

（スレヴィの誕生日パーティーの夜を乗り切ることはできたわ。でも、黒幕について何の手掛かりも掴めていないとなると、リーナ様も不安なことでしょう）

そのリーナは、誕生日パーティーの夜以来ずっと、聖女の部屋から王城内の客室に移動して暮らしていた。

闇魔法を流して浄化に使う噴水まで持ち込み、聖女としての任務を遂行できるように環境を整え、長期戦に備えているらしい。

リーナの部屋には常に実行犯五人と衛兵たちがいて、自白を促す闇属性魔法をかけ続けているためだ。

ということで、自然とエステルたちもその客間に集まることになる。

　その客間で猫の姿になり、ルシアンの肩の上でお腹を出してひっくり返ったクロードが、これ以上ないほど暇そうにしている。

「暇だにゃーっ。いつになったらオレたちはオリオール王国に帰れるんだ？　この国寒いんだよ。猫は寒いのだめだから、そろそろいい加減帰りてえ」

「もともとこの魔法は時間がかかるものだと知っているだろう。当然だが、人は隠したいことほど外から見えない心の奥に置いておくからな。特に今回は黒幕への忠誠心が厚いようだ。どちらにしろ、黒幕がわかるまでは帰らないぞ」

　ルシアンの言葉に、クロードは肩の上で器用に寝返りを打つ。

「こうなったらやっぱり拷問かにゃ」

「リーナが過去の死に戻りで失敗したと言っていただろう。拷問は最終手段だ」

「意外とやる気はあるんじゃん。王子様こええ」

　完璧な婚約者と自由すぎる使い魔の物騒な会話を聞きつつ、エステルはただ大人しく紅茶を飲むしかない。

　そして、スレヴィがフリード国に留まることが決まったにもかかわらず、まだリーナたちに協力をしようとしているルシアンの姿が意外だった。

（ルシアン様はもともとお優しい方ではあるけれど、スレヴィ絡みになると妙な本音がだだ漏れになってしまっていたのよね。でも、実際には最後まで力を貸してくれそうでよかった）

　一方、リーナとスレヴィは向かいのソファに二人で座り、本を読みながらなんだか楽しそうに顔を寄せ合って話している。

「リーナ、これは？」

「スレヴィにはこちらの方がいいと思うけど」

「でも、これならリーナと同じデザインにできる」

二人は、結婚式に備えて指輪のデザインを選んでいるようだ。

想いが通じ合ってからの二人は、見ているこちらが恥ずかしくなってしまうほどに仲がいい。

（これまでは喧嘩ばかりだったのに、驚いてしまうわ）

リーナに甘えるばかりだったスレヴィがしっかりしてきているのも微笑ましくて、エステルの頬は緩む。

そこへ、初々しいカップルの姿を見たルシアンのうっかり気味な本音が聞こえてくる。

「いいな……」

「………」

また、とんでもないものを聞いてしまった。

フリード国での、クールで頼り甲斐あるルシアンのイメージが一気に砕け散る気がした。

しかしルシアンも自覚はあるようだ。

平静を装いつつも、どこか死にそうな瞳で聞いてくる。

「俺は、今、何を、言った？」

「……何も、仰って、いま、せん、ね……」

これ以上エスカレートしてほしくないので、触れたくない。

必死で目を逸らしたエステルだったが、クロードは容赦がなかった。

「このお子様二人が楽しそうにしてるのを見て、『俺もエステルといちゃつきたいうらやましくて死ぬ』って言ってたぜ」

「⁉　そこまでは言っていないだろう⁉」

「言った言った。俺にはそう聞こえた」

正直なところ勘弁してほしい。

パタパタと顔を両手で扇いだエステルは、ルシアンから目をそらす。

けれど、案の定ルシアンは止まらない。

「だって、仕方がないじゃないか。俺はエステルが好きだ。世界一かわいいと思っているし、実際にそうだし」

「⁉　どこからどう考えてもそんなはずはないです⁉」

慌てて否定すると、ルシアンの瞳が真剣なことに気がつく。

一点の曇りもない、真っ直ぐなまなざしに絡め取られそうだ。

（これは本気だわ……）

恥ずかしさはあるものの、うれしくもある。けれど、ここでルシアンのペースに飲まれるわけにはいかない。

正面からエステルたちの会話を聞きつつ、こっそり様子を観察していたらしいリーナは手に持っていた本をパタンと閉じた。

「やっぱりそうなのね。それで、ルシアン殿下のその呪い返しは一体何なのかしら？」

「――――！」

　一瞬、ルシアンに緊張が走ったような空気を感じた。

けれどエステルが隣を見上げたときにはもう、ルシアンは余裕のある笑みを浮かべていた。

「なんてことはない。案じるな」

「あの、ルシアン殿下はその呪い返しをリーナに解いてもらうためにこの国に来たんじゃないんですか……？」

　スレヴィが純粋な瞳で首を傾げる。

　しかし、確かにその通りなのだ。

　エステルも、その件についてはルシアンにしっかり確認したいところだった。

（ルシアン様はリーナ様に禁呪や呪い返しのお話を全然しないのよね。どうして⁉　初日は様子見なのかなと思ったけれど、ここまで隠し通すなんて絶対におかしいわ）

　頬を膨らませかけたエステルを、ルシアンは熱っぽく優しい瞳で見下ろしてくる。

「呪い返しを解いてもらおうなんて思ってはいない。ただ、愛しい恋人を惑わす子狼を送り返しに来ただけだ」

「……！」

（い、今のはわざとだわ……）

愛しい恋人、が艶っぽく聞こえすぎてこちらが死にそうだ。

しかしエステルは、スレヴィに惑わされたことなどないのだ。自信を持って反論する。

「私はそんな……ただスレヴィがいちいちかわいいなと思って」

「俺はエステルのことを愛しているのに、他の男が周囲をうろついているのが許せないんだ」

「!?」

「それに、ここへ来た理由のもとを辿れば、エステルと一緒に私的な旅行がしたかったからだ。理由があればずっと一緒にいられるだろう……っ、っ」

いつもの恥ずかしい本音とは違う種類の言葉なのに、ルシアンはなぜか口を押さえた。これ以上話したくないらしい。

違和感を覚えたエステルは目を瞬く。

「ルシアン様、今のは隠さなくてもいいのでは……？」

「……あまりいい本音ではないだろうし、こう言うことを聞かせすぎて幻滅されたくない……っ。王族が、国民や執務よりも恋人の方を優先するなんて」

「——っ！」

頬を赤らめた様子のルシアンに、ドキドキしてしまう。

（こんな言葉、普段のルシアン様は絶対に言わないわ……！）

ルシアンの肩の上ではクロードが「まー結局言っちゃったけどな。おもしれえ」と笑いながらくつろいでいるが、エステルとしてはものすごく心に響いていた。

（ルシアン殿下はご自分の立場を弁えている方なのに、こんな……）

愛の重さにくらくらとすれば、腑に落ちたようにリーナは立ち上がる。

「ふぅん。ルシアン殿下の呪いは、エステルに関するもののようね。大体はわかったわ」

「だが、詳しくは話したくないな」

冷静に応じるルシアンだったが、リーナはすかさず問いかける。

「エステルのことをどう思ってるの？」

「かわいくて愛らしくて大好きだし俺の人生に光と喜びを与えてくれた大切な人だ。物心がついた頃から彼女のこと思い続けてきたんだ、俺の人生にはエステルがずっといる。彼女以外のことは絶対に好きになれないしもしエステルが死ぬなら俺も死ぬし俺が死んだらエステルには幸せに生きていってほしい」

リーナの言葉にスラスラと答えたルシアンは、そのままクールに頭を抱えた。

自分が今何を言ったのか、確認する気持ちにもならないらしい。

それはそうだと思う。

今聞かされた本音は、エステルもなかったことにしたいほどの重さだし、クロードに至ってはあまりの面白さにルシアンの肩から滑り落ちてしまっていた。

黒猫の姿で床に転がり、声も出せないほどにころころと笑い転げている。

納得したらしいリーナは興味深そうに腕組みをした。

「ふーん、ルシアン殿下がとても変わった種類の呪い返しにあっていることはわかったわ。そして、どうして私に呪いを解いてほしくないのかもね」

（えっ？　ルシアン様が呪いを解いてほしくない……？）

　まさか、と隣を見ると、ルシアンはこれ以上触れてほしくなさそうに窓の外を睨んでいる。どうやらそれは間違いではないようだった。

　真剣な表情をしたリーナは、エステルに向き直る。

「教えてあげる。闇魔法の禁呪の代償として与えられる『呪い返し』はね、仮に解くことができたとしてもまた新たな代償を支払わないといけなくなるのよ」

「新たな代償、って……どんな代償なんですか？」

　問いかけると、リーナは心底気の毒そうにラベンダー色の耳をぱたんと揺らす。

「——呪いを解くための代償は、『記憶』よ。呪い返しにかかっている間の本人の記憶が奪われるの」

「記憶が、奪われる？」

「そうよ。その間に起きたことを全部忘れてしまうの。呪い返しを解くのに、相応しい代償でしょう？」

「そんな」

　ルシアンを見上げると、特に顔色を変えることなく、窓の外を眺め続けている。

この反応を見ると、恐らくもともと知っていたことなのだろう。

（つまり、もしルシアン様の呪い返しを解くとしたら、同時に一年ほど前から今までの記憶が消えてしまうのね）

それは、エステルに『君のことが好きすぎるんだ』と告げてきたあの日から全ての思い出がなくなるという意味だった。

（ルシアン様が私と一緒に過ごしてきた毎日が消えてしまう……そんな）

予想外の言葉に呆然とするエステルに向け、リーナは続ける。

「ルシアン殿下がどんな禁呪を使ったのかは知らないけれど……もし私と同じ禁呪だったとすると、死に戻るきっかけになったことを忘れちゃうってことだものね。私も呪い返しには苦労しているのだけれど、解こうとは思わなかった。だって、スレヴィが暗殺されることを忘れてしまったら、私にはスレヴィが守れなくなるもの」

せつなげなリーナに、エステルはとても腑に落ちた気持ちになった。

「……スレヴィがリーナ様なら禁呪の呪い返しを解けると言っていたのに、実際にお会いしたリーナ様は呪い返しに悩まされていることが不思議でした。そのような理由からだったのですね」

「ええ。闇魔法を詳しく勉強した人間にしかわからないことだけれどね」

かわいらしく微笑むリーナはどこか寂しげだ。

けれど、スレヴィが決意したようにリーナに話しかける。

「僕は死んだりしないよ。だから、もしリーナが呪い返しに困っているのならそれを解くべきだと思う」

「でもね、実は、その魔法が私には使えなくなっちゃってるのよね」

「えっ？」

驚いたエステルに、リーナは淡々と説明する。

「三回目のときだったかしら。禁呪への呪い返しを解く魔法の呪文が読めなくなっていることに気がついたの。それも呪い返しよ。ややこしいわよね。……でも、だからエステルをこの国に留めたの」

「ということは、リーナ様は、私が呪い返しを解くのに役立つとおっしゃるのですか……？」

「そうよ。闇属性魔法はかなり特殊なものよ。呪文を知っていて、闇属性の魔力があれば誰でも使えるわけではないの。ほかにも、近くにいるだけで共鳴して勝手に連動してしまったり、いろいろ危険な面もある。誰でも使えるものではないけれど、伝説の聖女様の子孫であるエステルには間違いなく『呪い返しを解く魔法』が使えると思う」

それを聞いて、エステルは自分が一度目の記憶を持ったまま死に戻ったのも、近くでルシアンが禁呪を使ったことが理由だったことを思いだした。

合わせて、今リーナが部屋を移動してきているのは、あの五人にかけられた闇属性の自白魔法に影響されないためだということも。

（闇属性魔法って、誰かに影響を与えたり、新たな代償を払ったうえで禁呪の呪い返しを解いたり、ものすごく特別で怖い魔法なんだわ。ルシアン様とリーナ様のお二人は闇属性魔法を気軽に

使いこなしていらっしゃるから、すっかり忘れていた）

　ルシアンも、リーナのこれまでの振る舞いについて納得したようだった。

「やはりそういうことか。俺は闇属性魔法の中でも攻撃魔法を得意とし、聖女リーナは補助魔法を得意としている。俺に呪い返しを解くように頼んでこないのは、それがエステルでないと使えない魔法なのだろうなと推測はしていた」

「そうなの。もしスレヴィを殺した黒幕が捕まったら、エステルに呪い返しを解いてもらおうと思っていたんだけど……実は正直、呪いを解くのが惜しくなっちゃった。だから、ルシアン殿下のために魔法を覚えたいのなら教えてあげるけど、私には使わなくていいわ」

　リーナはそう口にすると頬を染め、続けた。

「……だって、私はスレヴィに告白された思い出が消えるのは嫌だもの」

　すると、ルシアンがリーナに同意する。

「同感だな。——俺も、エステルと過ごしたこの時間が消えてしまうのは絶対に嫌なんだ」

「……！」

　悲しげなルシアンの声音が、エステルの胸に刺さって消えない。

（でも、ルシアン様はオリオール王国の王族よ。呪い返しにかかったままなんて、絶対にだめ。こんなに素晴らしい方なのに、私のせいで心配事があってほしくない）

はっきりとそう思うのに、エステルはリーナに『禁呪の呪い返しを解く呪文を教えてください』とは言えなかった。


結局、今日も五人の実行犯たちが黒幕を吐くことはなかった。

夕食を終えてルシアンとともに客間に戻ったエステルは、閉じたばかりの扉に背中を預ける。

「……」

さっきリーナに聞いたことが心の奥に引っかかっていて、頭から離れない。

（できることなら、ルシアン殿下の呪い返しを私が解きたいわ。リーナ様のお話によると、練習すれば私にも使える魔法のようだったもの）

しかし、それはこの一年間のルシアンを失うことでもあるのだ。

もし呪い返しを解いたなら、ルシアンの記憶はシャルリエ伯爵家にエステルを迎えにきてくれたあの日に戻ってしまう。

二人でカフェで過ごした時間も、二人で出席した夜会のことも、幼い頃の初恋の思い出を話してくれたときのことも、包み隠せない本音をいつも伝えてきてくれるあの日常も。

（あれが全部なかったことになるなんて）

考えただけで、胸が締め付けられるようだった。

「エステル」

部屋の入口で立ち止まってしまったエステルが何を思っているのか、ルシアンもわかっているらしい。

エスコートをしてくれるように手を差し出されたので、エステルは手を取った。すると、抱き寄せられた。

ふわりと鼻をくすぐるルシアンの香りに、ものすごく安心して、ついさっきまでの不安が消えていく。

(私ったら、何を不安がっていたのかしら。この一年間でルシアン様からたくさんの言葉をもらったわ。そのほとんどは意図しないものだったけれど……もしルシアン様の記憶がなくなっても、きっと大丈夫。私は変わらないし、ルシアン様の気持ちも信じられる気がする)

そう思い、顔を上げる。

「……私、やっぱりリーナ様に呪い返しを解く魔法のことを教わってきます。今すぐに使いこなすのはきっと無理ですが、練習して、ルシアン様の呪いを解きますから」

「エステル、さっきの話を聞いていただろう？　俺はこの一年間のエステルとの時間を消すのは嫌だと」

「でも……。スレヴィの誕生日パーティーの日に思ったんです。ルシアン様は、スレヴィをいとも簡単に救ってみせました。こんなに素敵な人が、私のせいで妙な呪いにかかっていることに耐えられないんです」

「エステルの気持ちはうれしいよ。でも、俺の気持ちも考えてほしい」

「私だって、ルシアン様とのこの一年間が消えるのは嫌です。ですが、それ以上にあなたの立場というものがあります。どうしてわかってくださらないんですか……！」

　感情が昂って、少しきつい言い方になってしまった。

しまった、と後悔したところで、幸せを噛み締めるようなルシアンの声が響く。

「……エステル。今って普通ならそろそろ喧嘩になるところだよね？」

「はい、恐らく、一般的には……」

　緊張感のない問いにぽかんとしつつ答えれば、ルシアンはエステルから離れてソファに座る。

　そして、おいでおいでをする。

（ルシアン様？）

　不思議に思いつつ隣に座ると、ルシアンは軽く微笑んだ。

「俺にとっては、エステルの怒っている顔ですら愛しいんだ。今だって、抱きしめたくて仕方ない」

「……！」

　以前にも似たようなことを言われたのを思い出し、顔が赤くなる。ついでに、つい数秒前まで抱きしめられていたことも思い出す。

　けれどルシアンの言葉は止まらない。

「エステルが俺のために魔法を覚えると言ってくれているのも、悩んでくれるのもうれしい。でも、俺が忘れたくないんだから、そろそろ妥協してくれてもいいんじゃないか？」

「ですが、恋人への本音が止まらない王子殿下なんて、他の方々が何と仰るか」

「今までそんなこと言わなかったよね？　急にどうしたのかな。もしかして、誰かに何か言われたとか？　俺は、一生本音がだだ漏れでいいんだ。俺がエステルを好きなのは事実だし、多少恥ずかしいことを我慢すれば問題ない」

　笑顔のルシアンはじりじりと近づいてくる。

（ここまで仰るなんて。……ルシアン様が良いのなら……）

　確かに、そこまで言うのならこのままでもいいのかもしれない。きっとルシアンならうまくやってくれるだろうとも思う。

　それに、急にエステルがルシアンにかけられた呪い返しを気にしだしたのは、結婚のことを真面目に考えるようになったからだ。

　これまでは、ルシアンがエステルのところに婿入りするぐらいの勢いだったし、このまま行けば何となくそうなるのかなとは思っていた。

　けれど、結婚のことを真剣に考えるとなると、それでは困難が待ち受けているのもわかる。

　貴族令嬢でもないエステルが、ルシアンをこちらの世界に引き込むのは容易なことではないのだ。

「ルシアン様。私、真面目にルシアン様と結婚することを考えてみたんです」

「待ってそれやっぱり結婚したくないとかそういう話？　聞きたくないかもしれないな」

話を切り出した瞬間、ルシアンが美しい顔にわかりやすく絶望を浮かべたので、エステルは慌てて否定した。

「違います！　私はただ、早く結婚できるように、障害になりそうなことはなるべく取り除きたいと……その」

「え？」

信じられないという表情で固まったルシアンに、エステルは頑張って続けた。

「国王陛下も、国民も、ルシアン様が私を救うために呪いにかかっているとはまだご存じないでしょう。でも、他国でも尊敬されるルシアン様を見て思いました。ルシアン様がこんな呪いにかかっているのが申し訳なくて悔しいんです。ルシアン様の本音を聞くと、恥ずかしいと思うことはありますが私も幸せです。でも、中にはよく思わない人もいるのではないかと。その原因になった私と結婚することを否定する人がきっと」

話していて自分でもわけがわからなくなり始めたところで、離れた場所から見守っていたクロードがポツリと呟く。

「闇聖女、思考がめんどくさいところまで飛んでっちゃったんだな。ちょっとはルシアンみたいにアホっぽい呪い返しにかかった方がいいんじゃないか？」

「クロード。お前が俺のことを馬鹿にしすぎるからだろう？　だからエステルはこんなに悩んで」

「だって王子様が面白すぎるんだよ」

「心外だな。俺は事実しか言ってない。今だって本当は抱きしめて慰めたいところなんだ。でもお前がいてすごく邪魔だし、エステルが真剣に話してくれているのを最後まで聞きたいしで自分が大変なんだよ使い魔なんだから少しはわかってくれっていうか向こうへ行け?」

「王子様ひでぇ!」

(これは……)

ルシアンとクロードの話を聞いていると、自分の悩みがちっぽけに思えてきた。

(ルシアン様が仰ることはいつも変わらないのに、私だけジタバタして申し訳ないわ……)

反省しかけたところで、いつもの本音が漏れ聞こえる。

「俺はとにかく『早く結婚できるように、障害になりそうなことはなるべく取り除きたい』と言ってくれたエステルにキスがし……っ!? 俺は何を、ゴホゴホゴホッ」

『キスがしたい』のほかにまだ言いたいことは死ぬほどあるようだが、すぐに顔色が見事な紫になってしまった。

エステルは慌ててルシアンの背中に手を添える。

「ル、ルシアン様!?」

「ほんと触んないでエステルは離れてて……いや俺が出てく……っ、」

必死に何かを言葉にすることを堪えているルシアンの前、エステルは戸惑うしかない。

(ルシアン様が出ていくって、ここはルシアン様のお部屋よ!? 出ていくのは……私だわ!)

速やかに判断したエステルは動揺しながらも立ち上がる。

「わ、私……外で頭を冷やしてきます！」

「エステルが出ていく必要は、……っ」

ルシアンが手を伸ばしてくるが、苦しすぎて正直それどころではないようだ。

それに、この様子で廊下に出たりしたら、オリオール王国から来ている王子様が毒を盛られたと大騒ぎになってしまうだろう。

ルシアンは聖女リーナの想い人としてしっかり有名人である。そんな騒動を起こすわけにはいかないのだ。

だったら、出ていくのはエステルの方だろう。

「大丈夫です！　王城の中は安全なので、一人で風に当たってきます！　それに、私も恥ずかしくなってしまったので、少し一人にしてください……！」

いろいろと耐えきれなくなったエステルは、理由をつけてルシアンの部屋を飛び出したのだった。

第七章

黒幕

Chapter 7

ルシアンのだだ漏れる本音に耐えきれなくなったエステルが、「一人にしてくれ」と顔を真っ赤にして部屋を出ていってからほんの数分後。

呼吸が整い、顔色が戻ったルシアンはクロードに聞いていた。

「クロード、一人にしてくれって何分ぐらいだ？　三分？　五分？　六分だとさすがに長すぎないか？」

「闇聖女のことになると知能が下がるのほんとにやめてにゃ。あの闇聖女が言ってた通り、常識で考えれば王城の中は一番安全な場所だ。心配しないでほっといてやれよ、王子様の愛が重すぎるんだよ」

「……うるさい」

エステルの前とは全く違う幼さでそっぽを向いたルシアンだったが、内心はとんでもなく浮かれていた。

「エステルが俺と結婚を考えている……だと？　俺は死ぬのか？」

「お前、知能下がりすぎて忘れてそうだけど、前にちゃんと求婚受け入れてもらってたはずだぞ？　お兄様のお誕生日の夜会で」

「だってあれは我ながら強引すぎた。エステルが明らかに戸惑っているのに、無理に頷かせた」

「自覚あったんだな。だから踏み込めなかったのか」

黙れ、と使い魔に毒づこうとしたところで、扉が叩かれた。

コンコンコン。

「ルシアン殿下、いらっしゃいますか？」

部屋を訪ねてきたのはスレヴィだった。

「こんな時間にどうしたんだ？」

「リーナからルシアン殿下をお呼びするように頼まれたんです。例の五人の自白が始まったと」

ルシアンは懐中時計に目をやった。

（自白させる闇魔法をかけてから五日目の夜か。黒幕に繋がる情報は、相当に心の奥底に隠されていたことになるな）

「わかった。すぐに行く」

そう告げて立ち上がると、スレヴィはきょろきょろと周囲を見回して不思議そうにする。

「あれ？　エステルはここにいないんですか？」

「……ああ。少し外に出ている」

「！　外って、どこですか？　この棟の中ですか？　誰か護衛の人はついていますよね？」

スレヴィが俄かに空気を変えたのを見て、ルシアンに緊張が走る。

「いや。風にあたりに行くと言っていた。……一人だが、何か問題が？」

「そ、それはどれぐらい前のことですか？　風にあたりにってどこへ」

焦りでぷるぷると震え出し、先の見えない質問ばかりを投げてくるスレヴィに、ルシアンは顔色を変えて聞き返す。

「何があった」

「……五人の自白から、黒幕の狙いはやはり光属性魔法の使い手だと判明しました。しかし、伝説の聖女様を慕う人間たちではなく、『光魔法を使う者がいたらどんな手段を使ってでも消せ』という過激な教えをする宗教の教徒たちだったということがわかったんです。これまで、僕を虐げてきた人たちとは完全に違う種類の人間だと。だから、念のためエステルも保護するようにリーナから言われていて」

　スレヴィの焦りの理由を理解したルシアンは、自分自身を落ち着かせるためにもゆっくりと教え諭すように話す。

「しかし、フリード国でエステルが光魔法を使えると知っているのはごく一部の人間のはずだ。それこそ、俺たちぐらいなものだろう。大丈夫だ」

「そ……そっか。そうですよね」

　ルシアンの言葉に、スレヴィが冷静さを取り戻す。

　けれど、入れ替わりでクロードがサッと顔を青くした。

「闇聖女、この前のパーティーの日に女の子に光魔法を使ってたな……」

「……何だって？」

　張り詰めたルシアンの声が部屋に響くと、クロードは報告する。

「しかも、その場所が王城の門に繋がる結構人通りが多い場所で……でも、ほんのわずかな魔力だったから、見る人が見ないと光魔法だとはわからないとは思う」

　聞いていたスレヴィがまた慌て出した。

「！　実は、その黒幕はパーティーに参加してたんです。エステルが光魔法を使った場面を見ていないとは言えません」

「黒幕は誰だ？」

ルシアンが問いかけると、スレヴィは震えながら答える。

「王族の私設な護衛組織に所属しているグレンダという名前の女性の軍人です。リーナによると、三回目のときに僕の護衛についた人のようで……普段は普通の軍人に擬態していましたが、実際には新興宗教の教祖様なのだそうです。あの五人をはじめ、信者は彼女の命令なら何でも聞く状態で、極めて危険だと」

「！　ルシアン、あの女だ。オレが遊んでるフリしてずっと張ってた女！　やっぱり『それ以外』だったか！　くそ！　何でオレは面倒になって切っちまったんだ」

ルシアンはクロードと顔を見合わせた後、険しい顔で言い放つ。

「――すぐにエステルを探しに行く」

ルシアンの部屋を飛び出したエステルは、少し歩いて庭園まで出ていた。

（この王城はとても広いのよね。長く滞在させてもらっているけれど、ほとんどが知らない場所だわ）

普段、エステルが行動しているのはリーナの部屋がある東側の棟だ。

エステルたちが泊まっている客間もそこにあり、不自由はしない。

ということで、実はこうして散策するのはほぼ初めてだった。

(結婚に関わるルシアン様の本音が恥ずかしくなって、逃げ出してきてしまったわ。戻ったらきちんとお話ししなくては。……ルシアン様がいいと仰るのなら呪い返しを無理に解かなくてもいいかもしれないけれど、一応、呪文を覚えて帰りたい)

そんなことを考えながら、東側の棟から一番近い庭園に足を踏み入れる。

雪の上を歩くと、絨毯とは違う不思議な感覚がした。

氷でできたオブジェや花々が並ぶ庭は、冬の国であるフリード国ならではの美しさ。

夜間用の青白い明かりに照らされると、そのどれもがキラキラと輝いて見える。

しんとして音がしない幻想的な光景と、エステルには馴染みのない肌を刺すような冷たい空気。

毛皮のショールをきゅっとつかんだエステルは、誰に話しかけるでもなく笑う。

「夜の氷って、ここまで神秘的に見えるのね。ルシアン様にもお見せしたいわ……」


「――フリード国を楽しんでくれているみたいでよかったわ？」


覚えがある声に、エステルはびくりと肩を揺らして振り返る。

「あなたは」

夜の明かりの下で、闇に呑まれそうなほどに長く美しい黒い髪と、白い雪に映える真っ赤な唇。美しいスタイルをさらに魅力的に見せる軍服。

この前の、スレヴィの誕生日会で話しかけてきた猫獣人の女性だった。

（この方、ルシアン様がクロードに命じて身の回りを調べさせていた方だわ）

庭園には衛兵の気配はあるものの、ほかの客はいない。

偶然ここで会うには不自然すぎるように思えて、エステルはすぐにこの場を去ることにした。

「……ほんの少し、風に当たりに来ただけですので。そろそろ戻らないと婚約者が迎えにきてしまいますので、失礼いたします」

無意識に自分の居場所を把握する人間の存在を示すと、彼女は黒い猫の耳をピンと立て、にやりと笑った。

「そうなの？　あなた、やっぱり意外とちゃんとしているタイプなのね。ただ銅像の聖女様にそっくりなだけの女だと思ってたら、全然違うからびっくりするわね？」

「あの」

「私ね、グレンダっていうの。私が大嫌いなものを教えてあげましょうか？」

戸惑い、警戒心を高めているうちに、グレンダが近づいてきてエステルの前に立つ。

あまりの不自然さに『走って逃げよう』と思ったものの、体格の違いにすぐに捕まるだろうと考え、他に策はないか思案しかけたそのとき。

エステルの口に何かが押し当てられた。

それが、薬品を含ませたハンカチだと気がついたときにはもう遅い。

「私が大嫌いなものはね、私のお気に入りの男に手を出す人間と、光属性の魔法よ」

（あ……）

エステルの世界は暗転し、何も見えなくなったのだった。

目を覚ますと、エステルは硬質な床に転がされていた。

（……あれ……）

体を起こそうと思ったのに、動かない。手足が拘束されているのかと思ったが、痛みはないのでどうやら違うらしい。

気を失うときに吸った薬品がまだ体内に残っていることが原因のようでくらくらとする。

（まだしばらくは動けない気がする）

それでも、意識だけははっきりしてきたので、体は動かさずに目と耳だけで周辺を観察してみる。

（近くには三人。クロードが調べていたグレンダと、彼女の手下らしき二人の男。……あら、頬に傷がついているわ？）

似たものをどこかで見たような、と考えを巡らせると、すぐに答えはわかった。

（そうだわ。前に、クロードの頬にも同じ引っ掻き傷がついていた。私のミルクティーを飲んで消えてしまったからすっかり忘れていたけれど……）

もしかして、手下らしき二人の男は彼女と恋愛関係にあるのではないだろうか。あの傷はきっと、喧嘩をしたせいでできたのだ。

気がついてみると、二人の男はグレンダにすっかり夢中な様子だった。

エステルがまだ動けないせいもあるのかもしれないが、こちらのことなど完全に無視してグレンダをかいがいしく世話している。

一人は椅子に座ったグレンダの肩を揉み、もう一人はネイルに色を塗ってあげていた。

三人はそれぞれのことに夢中で、床に転がっているエステルが目をぱちぱちしていることになど気づきはしない。

少しほっとして余裕ができたエステルは彼らから視線を移し、様子を窺う範囲を広げた。

（ここは……神殿……？　外が暗くてまだ夜だということを踏まえると、王城の敷地からは出ていないはずだわ。フリード国の王城の中にある、宗教的な施設といったところかしら）

エステルが転がっている床は石でできていて、何も敷かれていない。体がそこまで痛くないのは毛皮のショールのおかげだった。

けれど、寒いものは寒い。グレンダたちは火魔法で温まっている様子だが、エステルの場所までは熱が届かない。ぶるりと震えると、くしゃみが出てしまった。

「……っくしゅん」

思わず口を手で押さえてしまい、体が動かせるようになりつつあることがわかった。同時に、グレンダもエステルが目を覚ましたことに気がついたようである。

「あら、お目覚めね？」

声を出す気にはならなくて頷きだけで応じると、彼女は妖艶に笑った。

「ご令嬢がこんなところに連れてこられて、絶望ですぐに死にたいかもしれないけれど、もう少し待っていてね？　あなたのことはあの第五王子を一人で誘き寄せるエサにさせてもらうわ」

（この人、晩餐会で私とスレヴィが仲良く隣に座っていたことを知っているんだわ……！）

エステルはグレンダを睨みつけたが、全く気にも留めていない様子だ。

悪びれることなく、楽しそうに話す。

「あなたは光属性魔法の使い手よね」

「！」

「ああ、いいのよ。無理に隠す必要はないわ。だって、私はあなたが光属性魔法を使うところを見ちゃったんだもの。随分優しいのね。泣いている異国の令嬢に光魔法を使って瘴気を浄化してあげるなんて」

「私は……」

「でも、だめよ。この国では光属性魔法は忌み嫌われているんだもの。しかも、闇属性魔法を使いこなしたという伝説の聖女様と同じ顔をしておきながら光属性魔法を使うなんて、一体どういうつもり？」

迫力美人に至近距離で凄まれて、恐ろしさで気が遠くなりそうだ。

（ここは、オリオール王国のシャルリエ伯爵家の話を出して、その伝説の聖女様の子孫だとわかってもらう……？　ううんだめよ。だってこの人は伝説の聖女様に何の敬意も払っていない。きっと効果はない）

エステルの考えを見透かしたように、グレンダは教えてくれる。

「私たちの神の教えではね、光属性魔法の使い手は人々を地獄に連れていく存在なのよ。伝説の聖女様をオリオール王国から追い出したとかそういうのは関係ないの。世界中の人々を不幸にするから、見つけたら殺さないといけないの。これは、私たちに課せられた義務なの」

恍惚とした表情に、緊張がどんどん高まっていく。

（この人……おかしい。そして、本気で私を殺そうとしているのがわかる）

床に転がされたまま、エステルは目を瞑った。

（ルシアン様……こんなところに逃げてこないで、ちゃんとお話しすればよかった。オリオール王国に戻ったら、結婚しますと伝えたかった。私がいなくなったら、ルシアン様はどんなにショックを受けるか）

彼はまた自分自身を殺し、死に戻ってしまうのだろうか。

けれど、後悔してももう遅い。

グレンダはエステルの前に膝をつくと、一枚の手紙を見せてきた。

そこには、とあるメッセージとともに王城内のとある場所を示した地図が描いてあった。

「これと同じもの、『恋人を助けたいのならここに来い』と書いた手紙をあの第五王子のところに送ったわ。助けに来たところを、あなたと一緒にまとめて始末するの。婚約者とは別に恋人がいて、さらにあのクロードも手玉にとるなんてすごいわよね」

グレンダの言葉に、背中がぞくりとする。

（ど、どうしたらいいの。やっぱりこの人本気だわ……！）

どうやら、これまでにスレヴィを殺していたのは彼女を中心とした集団のようだ。

以前、リーナが教えてくれた『フリード国に蔓延る新興宗教』。

グレンダはその教祖のような存在なのだろう。ただ単に『伝説の聖女様を追放した光属性魔法使いの聖女が許せない』から始まる第五王子憎しとは全く種類が違うことが、自分に向けられる殺気からわかる。

寝転がったまま死への覚悟を決めかけたところで、一帯に黒いモヤのようなものが漂っていることに気がついた。

（あら？）

この神殿周辺にはランプの灯りしかなく、全体的に薄暗い。

石の床に寝転がっているエステルでなければ気がつかないほどの、少量の黒い霧。

これには、確かに覚えがある。そう思った瞬間、コツン、と石の床を歩く靴音がした。

「――誰が誰の恋人だって？」

そこには、厳しい表情を浮かべ、グレンダが出した手紙を握り潰し、全く違う方向で怒り狂っているルシアンがいる。

「ルシアン様……！」

「エステル、無事か」

声をかけられ、立ちあがろうとしたところでグレンダに腕を掴まれる。

気絶させるのに使われた薬が抜けきっていないのもあり、グレンダを振り解いてルシアンのもとに行きたいのに体がいうことを聞かなかった。

ルシアンがやってきてしまったことを知ったグレンダが、不満そうに顔を歪めた。

「私はあの第五王子を呼び出したはずなんだけど？　どうして聖女リーナ様のお気に入りの完璧な王子様がここにくるのかしらねえ？　形ばかりの婚約者じゃなかったの？」

「お前と会話をする気はない」

ルシアンがそう言いながら手を前へとかざすと、パチパチと音を立てて氷の粒が床を伝い神殿内全体へと広がっていく。

すると、周辺のものがあっという間に凍ってしまった。

それだけではない。まるで意思を持ったかのように、グレンダの足元までも凍らせていく。エステルの足を除いて、この神殿の中にあるもの全てが凍る勢いだ。

バチバチバチバチバチバチ。

これには、余裕ぶっていた彼女も慌てたようだった。

「神殿全部を凍らせて動きを封じようって言うの⁉　何なのよコレは！」

慌てて火属性魔法の呪文を使い、大きな炎を出して氷を溶かそうとしているが、全くうまくいっていない様子だった。

けれど、ルシアンは容赦がない。

「もう一度言う、お前と会話するつもりはない。エステルは返してもらう、それだけだ」

その瞬間、パキンと音がして、グレンダの足元の氷にヒビが入った。

エステルの腕を掴んでいた猫獣人の足が氷ごと床から切り離され、遠く離れた壁まで吹き飛んでいく。一瞬のことだった。

ドシンという神殿全体を揺らすような衝撃の後、グレンダは床に落ちた。

「ギャァ！」

「教祖様！」

あわてて信者の二人が助けに向かおうとするが、彼らの足も凍って床と一体化していた。動くことなどできない。

ルシアンはそれも同じように吹き飛ばす。

「うっ！」

「うわっ」

あまりの衝撃に壁に跳ね返った男二人は、そのまま床に落ちてぺしゃんこになってしまった。

ルシアンはエステルのところまで来ると、肩を抱く。

「ルシアン様……」

「怖い思いをさせてすまない。俺の思慮が足りなかった」

「そんな……ただ私が勝手に風にあたりに出てこの人たちに捕まってしまっただけで」

ぎゅっと抱きしめられて、安堵する。

けれど、まだルシアンの攻撃の手は止まない。

神殿内に漂う黒いモヤはさらに濃くなっていき、床に落ちていた男たちは宙に浮く。

さすがに、グレンダもルシアンが闇魔法を使って攻撃していることに気がついたらしい。

「あなた、何者？　ただの、聖女リーナのお気に入りなんじゃなかったの……？」

ルシアンは鼻で笑った。

「リーナのお気に入り？　冗談じゃない。俺が愛するのはエステルただ一人だ」

「は」

戦闘の最中、突然恋人について紹介し始めたルシアンに三人が驚いた気配がするが、その愛するエステルを攫われたルシアンの怒りは全然収まらない。

黒いモヤが縄のようになって三人の手足を拘束する。三人をまとめて縛り上げると、彼らは気を失ってしまった。

「ルシアン様、あの」

空中に浮いたまま黒いモヤに縛られ、失神して手足をだらりと垂らしているグレンダたちの姿に不安を感じたエステルだったが、ルシアンは彼らに見向きもしない。

「ここがいくら獣人の国で、身体能力に優れた者がたくさんいたとしても、俺は闇属性の攻撃魔法使いだ。かつて俺はここで魔法を覚えた。いつか、エステルを守るためだ」

そう言いながら、より一層強く抱きしめられる。

いつでも魔法を使えるようにするため、片手でのはずなのに力がとんでもなく強い。

（ルシアン様に、この力の分だけ心配させてしまったんだわ……）

「心配をかけて、ごめんなさい」

謝罪を口にすれば、ルシアンはグレンダたちに向けていた表情や怒りは一体どうしたのだと聞きたくなるほどに穏やかな視線を向けてくる。

「今日、エステルのことを助けられた。俺が子どもの頃に必死で攻撃魔法を学んだのは、いざというときにエステルの前でカッコつけたかったからだ。犬よりも犬すぎる、あのポンコツな子狼を守るためじゃない」

「ルシアン様……」

「今、やっと十三歳の俺が報われた気がするな」

心底うれしそうにそう告げられてしまえば、エステルは本音を話すしかない。

「……私もその頃からルシアン様と一緒にいたかったです。リーナ様とスレヴィのように」

第八章

甘さが終わらない

Chapter 8

「ルシアン様。これ以上はもうやめてください……」

夜の王城内にエステルの悲鳴のような声が響く。

けれど、ルシアンは無慈悲だった。

エステルのか弱い抵抗など無視して進んでいく。

「だめだ。ここで下ろしたら、エステルは自分で歩くだろう？」

「当たり前です！　だって自分で歩けますから！」

今、エステルはルシアンによっていわゆるお姫様抱っこで客間へと運ばれていた。

「ついさっきまで薬品を使って眠らされていたんだ。いつ不意に体から力が抜けて歩けなくなってもおかしくない」

「目が覚めてからもう一時間は経っています。どうか下ろしてください……！」

「嫌だ」

エステルは「体が心配だから、どうしても自分が運ぶ」と言って聞かないルシアンにほとほと困り果てていた。

（自分で歩けるのに、こんなのって）

ここは王城である。いくら夜中といえど、屋内に入ってしまえばそこらじゅうに人の気配がするのだ。

会う人全員に「まぁ」という顔をされ、頬を染められるこちらの身にもなってほしい。

しかも、ルシアンはエステルを抱いて移動している間、一度も余計な本音が漏れていなかった。

（私だけ余計なことを考えているみたいで恥ずかしいわ……！）

自分の膝下と背中を支える手は、多少暴れてもびくともしないほど力強い。

それなのに、壊れ物を扱うような優しさも感じられるのがうれしくて、叫びたくなってしまう。

（今の私……禁呪の呪い返しにかかっていなくて本当によかった。今考えていることが口から全部出てしまうなんて、絶対に無理）

ルシアンの胸元から香る香水にくらくらしながら頬を両手で覆えば、視線を感じた。

顔を上げると、ルシアンの青みがかったグレーの瞳に吸い込まれそうになる。

どきりとして固まるとルシアンの顔が近づき、お姫様抱っこのまま、わずかに温もりを感じるほどのキスが落ちてくる。

（……！）

思わず悲鳴をあげそうになったところで、ルシアンの顔のすぐそばに黒猫が現れた。

「オマエたち、何やってんだにゃ。オレたちは一生懸命探してたっつーのに、こんな公衆の面前でいちゃいちゃしてるとかどういうことだよ」

「うるさいな。クロードがいるといちゃいちゃしづらいから、仕方なくここでやってるんだろう」

ルシアンから聞きたくなかった類の本音が聞こえ始めてしまった。

「クロード！　た、助けて」

助けを求めたところで、廊下の向こうにスレヴィとリーナの姿が見えた。

「エステル！　よかった、無事だったんだね」

「心配したわ」

「ごめんなさい。私が迂闊な行動をしたばかりに」

どさくさに紛れてルシアンのお姫様抱っこから解放されたエステルは、二人と一匹に謝罪する。

リーナは呆れたように笑った。

「ルシアン殿下、急遽届いたスレヴィ宛の手紙を取り上げて読んだ瞬間にいなくなっちゃったのよ。ルシアン殿下なら必ずエステルを見つけて助けてくださるとは思ったのだけれど、念のために探していたの」

クロードはルシアンの肩の上で拗ねたように丸まっている。

「使い魔のオレも呼ばないなんてどういうことだってばよ」

「何を言っているんだ。帰り道のいちゃいちゃに邪魔だからだろう」

「王子様、本音、本音」

すっかり慣れてきたエステルは、クロードとルシアンの会話に少しだけ赤くなりつつも笑ってしまったが、リーナとスレヴィがあからさまに頬を染めている。

コホンと咳払いをし、ラベンダー色の垂れ耳を揺らしたリーナが、気を取り直したように聞いてくる。

「それで――スレヴィ暗殺を企てていた犯人はどこに捕えているの？　ぶっ殺してやるわ？」

それから、リーナはスレヴィ暗殺の黒幕であるグレンダが代表を務める新興宗教を呪って根絶やしにした。

グレンダと恋愛関係にある男たちが信者だということだったので、容易く消せると思ったのだが、実は裾野は相当に広かったらしい。

信者は男たちの家族や親戚、友人づてに広がり続けていて、知らない間に一大勢力になりつつあったようだ。

リーナ曰く、スレヴィの誕生日パーティーにはもっとたくさんの信者が潜んでいて、グレンダを捕まえない限り死に戻りは繰り返されただろうということだった。

（だから、一人一人は簡単に捕まったのね。グレンダを捕まえられて本当によかったわ）

ちなみに、処分を知ったほかの新興宗教も危機感を持ったらしい。それ以来、日々、数は減り続けているということだった。

（私もほんの少しだけれど光魔法を扱う身として、喜ばしいことだわ）

そのスレヴィは、なんとエステルに教わって光魔法を覚えた。

もともと、『光属性持ち』というだけで嫌われていたスレヴィは、別にエステルのように光属性の魔力量が少ないわけではないのだ。

しかも、意外なことに聖女に適した補助魔法に適性があり、光魔法の呪文を知るだけでぐんぐん使えるようになっている。

フリード国での浄化は闇魔法による緩やかで見えにくいものが一般的だが、オリオール王国での光魔法による浄化は華やかで見た目上もわかりやすい。

誤った認識さえなくなれば、スレヴィが自分の能力に自信を持って生きられる未来はすぐそこに見えていた。

（近い将来、スレヴィが望み通りリーナ様を守ることができる日が来ますように）

そんなことを考えているエステルは、聖女リーナが主催する夜会に参加しているところだった。

スレヴィ暗殺の黒幕は捕まり、全てが終わった。明日はいよいよエステルとルシアンがオリオール王国へと帰る日だ。

緊迫感に包まれていたスレヴィの誕生日パーティーとは全く違う雰囲気に、リーナはニコニコ楽しそうに微笑んでいる。

「スレヴィが殺されずに済むことを祈らなくてもいい夜会なんて、久しぶりだわ。だってずっと死に戻っていたんだもの」

「そうですね。リーナ様がスレヴィを救うためにどんな思いをして、どんな人生を繰り返してきたのか。それを思うだけで、胸がいっぱいになります」

エステルの言葉に照れくさそうに笑ったリーナは、二冊の古い魔導書を渡してくる。

「はい、これ」

「リーナ様、これは……？」

わけがわからずに首を傾げると、リーナは教えてくれた。

「一冊は、伝説の聖女様が使っていた魔法書という名のレシピ本よ。私はお料理とかできないし、聖女をお姫様に近い扱いをするフリード国の制度を考えると、今後この魔法書を活用できる聖女は絶対に現れないわ。だからあげる」

「！　カフェのメニューが増やせます。……ありがとうございます」

「もう一冊は、死に戻りの禁呪を解く呪文が載った魔法書よ。こっちは、呪い返しで私には使えなくなってしまった魔法だから貸すわ。もし使わないようだったら、いつか遊びに来たときに返して」

「んじゃ、どっちもオレが腹ん中にいれとくにゃ。大事なものだろうしにゃ」

様子を見ていたクロードが大きな口を開け、二冊の魔法書をお腹に収めた。

それを見届けたリーナは、離れた場所でグラニテを食べているスレヴィのもとへ小走りで去っていく。

ちなみに、今日のクロードは黒猫の姿である。エステルはルシアンがエスコートするため、猫で十分だった。

（スレヴィを送り届けたらすぐに帰るつもりだったのに、いろいろなことがありすぎて二ヶ月近くも滞在することになってしまったわ）

そんなことを考えていると、ルシアンが心底名残惜しそうに告げてくる。

「エステルの、フリード国風のドレス姿は今日で見納めか」

「ふふっ。そうですね」

「さっき、リーナから禁呪の呪い返しを解く呪文が載った魔法書を受け取ったのか？」

「はい。クロードのお腹の中に」

笑って答えると、ルシアンは軽く微笑んでから表情を引き締めた。

大事な話がしたいのだとすぐに理解したエステルは、言葉を待つ。

「……俺はエステルと過ごしてきたこの日々が何よりも大切だ」

「……はい」

「この前は、俺の本音が止まらなくなったせいで真面目に話せなかったが、死に戻ってからの日々の記憶がなくなってしまうのは、死ぬことよりもつらい。だから、随分前から禁呪の呪い返しを解く方法に心当たりがあったが、黙っていた」

ルシアンの声音は柔らかくエステルの心に染み入ってくる。

それを聞いていると、いつもの本音がだだ漏れているときよりもずっとずっと、深い愛の告白を受けているような気持ちになる。

そうして反省した。

（王族だから呪い返しにかかっていてはいけない、なんてルシアン様の心を無視したとんでもない思い上がりだったわ）

「……ごめんなさい。私も、スレヴィとリーナ様をうらやましく思うことがあったのに。思い出がたくさんの二人に憧れながらも、ルシアン様からこの一年間の記憶を奪おうとしていたなんて最低です。本当に、ごめんなさい」

「エステルが謝ることじゃない。……そうやって、俺の立場のことを真剣に考えてくれたことがうれしいんだ。……だが、あの二人がうらやましいとはどういうことだ？」

　不思議そうな顔をしたルシアンに、エステルは微笑んだ。

「リーナ様とスレヴィは子ども時代からずっと一緒に過ごして、仲が良かった思い出があるのです。それが、すごくうらやましくて。私たちもそういう思い出を持てたらよかったなと」

「そういうことか。だが、これから作っていけばいい」

「はい」

　返事をすれば、ルシアンの指がエステルの顔にかかっていた髪の毛を掬いとる。フリード国の夜の空気は凍りつきそうなほどに冷たいはずなのに、全然寒さを感じない。

　視界の端に映る氷の粒も、空から煌めくようにして降ってくる雪の結晶も、どれもが幻想的で、全ては今日この瞬間のためにあるのではと錯覚してしまうほどの美しさに思える。

　エステルの髪を掬ったルシアンの手は、そのまま頬を温めてくれた。

　優しい仕草に鼓動が高まったところで、次の言葉が紡がれた。

「エステル。オリオール王国に戻ったら、今度こそ本当に俺と結婚してくれるか」

「……はい。私、幸せです」

二度目の求婚は、びっくりするほど素直に喜んで受けられたのだった。

エピローグ

それから一ヶ月ほど後のこと。

王都の外れ、白いレンガが目を惹く、エステルのかわいいカフェ。

エステルはかき氷を作っていた。

ルシアンがしっかり凍らせてくれたミルク氷を、かき氷機に入れてガリガリと削っていく。

その出来上がりを、クロードが尻尾をご機嫌に揺らしながら待っている。

「今年の夏はここでたくさんかき氷を作ってもらって食べるはずだったのに、フリード国から帰ってきたら夏が終わってたにゃ。かき氷は年中おいしいからいつでもいいけどにゃ」

「フリード国で起きたことの報告書の作成で秋まで終わってしまいそうな気配もあるな。だが、来年のかき氷は新しい場所で、か。楽しみだな」

「はい」

ルシアンの言葉に、エステルは微笑む。

実は今、カフェの店頭にはとある張り紙がしてあるのだ。

それは、『カフェ　移転のお知らせ』。

エステルのカフェは半年後に王城の敷地内に移転することになった。もちろん、それはエステルとルシアンの結婚準備に伴ってのものである。

オリオール王国の王城には王室御用達のお店が立ち並ぶエリアがあり、エステルのカフェはなんとそこに入れてもらえることになったのだった。

(もちろん、ルシアン様が取り計らってくださったおかげなのだけれどね)

カフェの移転が叶えば、エステルは王城の敷地内に住みながらお店をやっていくことができるし、いつでもルシアンと会える。そして生活が落ち着いたら、少しずつ結婚式の準備もしていくことになっている。

早ければ、一年後には結婚式を挙げる予定だ。

案の定、ルシアンは結婚式が楽しみすぎるらしい。

今も移転の話から一気に飛躍して、本音がだだ漏れている。

「……エステルのウエディングドレス姿か。それも楽しみだな……絶対かわいいだろう? 肌の露出も多いし……俺以外に見せたくなさすぎて、今から死ぬほど楽しみで憂鬱だ」

「王子様、言ってることが矛盾しまくりだにゃ。本当に闇聖女のことになると馬鹿になるな。その頭で王城戻ってから報告書書けんのか」

「黙れ。消されたいのか」

「ひゃんっ。ごめんごめんごめんごめんごめ」

(…………)

ルシアンの本音とクロードのわけがわからない会話が聞こえてきたので、エステルはガリガリと無心で氷を削り続ける。

カランカラン。

入口の鐘の音がして振り向くと、風に揺れる扉があった。

どうやら、今日は風が強すぎて勝手に開いてしまったようだ。

それを眺めながら、スレヴィが顔を覗かせた日のことをつい思い出してしまう。

「――スレヴィとリーナ、元気にしているかしら」

「あの二人のことだ。きっと、仲良く喧嘩しているんじゃないか？」

「ふふ。そうね」

エステルのカフェには、かき氷とミルクティーが並び、キッチンカウンターにはリーナにもらったレシピ本が立てられている。

フリード国のかわいい二人との思い出に、彩られながら。

書き下ろし番外編①

Side.ルシアン

Newly written extra 1

聖女の予言によって追放されたらしい雪と氷の国の第五王子、スレヴィを送り届けるためにフリード国入りして数日。

ルシアンはとんでもない夢に悩まされていた。

「昨日も見た」

「見たって何をにゃ？」

「例の夢だ」

「あー、闇聖女がうさぎ獣人になるっていう絶妙にいやらしい夢？」

「全然いやらしくない」

ベッドの上で頭を抱えていたルシアンだったが、失礼なことを言ってくる黒猫姿のクロードを床に叩き落とす。

ぷぎゃっ、という悲鳴が聞こえた後で、クロードは挫けずにまたよじ登ってくる。

「いやらしくないんなら何で困ってんだよ。本人の前で夢の内容を思い出しそうになるから困ってんじゃないのか？　わかんないにゃ」

「エステルがうさぎ獣人になっているのは全然問題ないんだ。ただ、夢の中のエステルがかわいすぎて寝不足なだけだ。フリード国の聖女リーナやその付き人とは全然違う、耳がぴんとした清楚系うさぎ獣人でそれはもうかわいいんだよ」

「んにゃ？　前は清らかだと思ったけど、よく考えるとやっぱりそれちょっといやらしくないか？」

「何を言っているんだ黙れ」

「ぷぎゃっ」

失礼な使い魔をまたベッドから叩き落としたところで、部屋の扉が叩かれた。

コンコンコンコン。

「この叩き方はエステルか」

「何でわかるんだよ気持ち悪いな……」

クロードのことは無視して扉を開ける。

すると、少しだけ頬を染めたエステルが現れた。

「こんな朝早くに何かあった？」

問いかけると、エステルの視線が不自然に泳いだのがわかった。

違和感に、どうしたのかと心配しかけたところで、エステルは遠慮がちに口を開く。

「昨夜、ルシアン様が狼獣人になる夢を見てしまいまして。ただの夢にすぎないですし、まさかとは思ったのですが念のために確認をしにまいりました」

エステルが自分と似たような夢を見たことを知って、うれしくなった。

「へえ。それで今見てみてどうだった？」

顔を赤くして目を泳がせている婚約者がとんでもなく愛しい。

思わず覗き込むようにして顔を寄せると、エステルは上目遣いでこちらを見てくる。

「ルシアン様はルシアン様でした。あれはただの夢で……よかったです。朝から失礼いたしました」

エステルは身支度こそ済ませているものの、寝起きの少し掠れた声をしている。起きてすぐに自分のことを思い出し、ここへきてくれたのだろう。それを思うだけで、かわいい婚約者に触れたくなった。

髪を撫でると、エステルは戸惑ったようにこちらを見てくる。

「慌ててルシアン様のお部屋の扉を叩いたので、お化粧がまだ終わっていないんです。あまり見ないでください」

「……寝起きのあどけない顔と上目遣いの相乗効果が凄すぎるだろう……このままベッ」

ドに引きずり込んでもいいか、と言いかけた自分に驚いて、唇を噛む。

するとすぐに息苦しくなり始めた。エステルへの本音が隠せないという呪い返しを封じようとしたせいだった。

「ルシアン様⁉　大丈夫ですか⁉」

「ああ……問題な、い……っ」

口では問題ないと答えてはみるものの、酸素が体に入っていかず、本当に息苦しい。

だが、今日の本音は本当にまずいものだった。何としてでも隠したい本音を飲み込もうとすればするほど、どんどん息ができなくなっていく。

（苦しいが……さすがに、エステルにこんな本音を聞かせるわけにはいかない）

しばらく悶えていると、やっと呼吸が整ってきた。

後は、できる限り心の中をまっさらにするだけだ。

余計なことを考えるとよくない。

すると、エステルが謝ってくる。

「私が変な夢を見たせいで……申し訳ありません」

ルシアンが朝から顔色を紫にした理由は、自分が見た夢にあるのだと勝手に納得したらしい。

間違いなくそうではないのに。

お互い様だと伝えたくて、ルシアンは自分の夢のことも白状することにした。

「実は俺も、エステルがうさぎ獣人になる夢を最近よく見るんだ。おかげで寝不足だ」

「私が……うさぎ獣人に？　どうしてそれで寝不足になるのでしょうか？」

エステルのキラキラとしたピンクがかった瞳に吸い込まれそうになる。

そう思った瞬間。

「夢の中のエステルがかわいすぎて、寝たのに寝た気がしなくて寝不足だったんだが……実物の方がずっと魅力的だな」

「⁉」

「……っ」

また、油断して本音が出てしまった。エステルが頬を染めたまま目を瞬く姿に、思わず口を手で押さえる。

部屋には、それを見ていたクロードの呆れたような声が響く。

「王子様……本人を目の前にしての本音だだ漏れでそれってことは、本当に清らかな夢見てたんだな。オレが悪かったにゃ」

「黙れ」

そうして、ルシアンの夢にふわふわもこもこの耳をつけたエステルが登場する日々は、まだもう少し続くのだった。

書き下ろし番外編②

十三歳の決意

Newly written
extra 2

これはオリオール王国の第二王子ルシアンが、愛する婚約者のエステルを救うために禁呪を使い、あり得ない呪い返しに遭ってしまう日の七年ほど前のお話。

十三歳のルシアンは、着慣れない毛皮のコートを着込み、母国オリオール王国から遠く離れたフリード国の王城正門前に立っていた。

靴の下に踏みしめる地面は氷に覆われている。足元から伝わってくる冷たさに、全身が凍りついてしまいそうだ。

「これが氷の要塞と呼ばれる国の王城か。オリオール王国の城とあまり変わらないな。雪や氷の有無ぐらいか」

「氷の要塞と呼ばれているのは、ただ寒いからではありませんよ。国を守る獣人族たちが皆とんでもなく高い能力を有し、堅牢に国を守っているからです」

「知っている。だからこそ、この国を留学先に選んだ」

「半年だけの留学ではほとんど成果は上がらないのではないかと思いますけれどね」

笑顔で冷たいことを言ってくる教育係に、ルシアンはそれ以上に冷たい視線を返す。

「それは半年後に成果を見てから言え」

「大変失礼いたしました、殿下。それでは半年後にまたお迎えにあがります。そのときに試験をして、まだお勉強が足りないようでしたら留学期間を延長いたしましょう。どうかお元気で、しっかり励まれますよう」

教育係は慇懃に頭を下げると、去っていった。

（これでいい）

ルシアンにとって、これは初めての留学だ。

王族として教養を深めるために外国を訪問したことはこれまでに何度もあるが、それは十分に下準備を済ませ、大勢の付き人を引き連れたうえで客人としての訪問だった。

けれど今回は違う。護衛も付き人もつけず、一人きりで、魔法を学ぶための留学となる。

友好国なので身の安全は問題ないことになっているが、それ以外は何があるかわからない。

自分の身は自分で守り、自分のことは自分でする。そんな、自立への道の一歩でもある。

加えて、ルシアンには、半年間で帰らないといけない事情があった。それは。

（半年後には婚約者のエステル・シャルリエ嬢との面会があるんだ。その日までには絶対にオリオール王国に帰りたい）

ルシアンは、こんなふうに固い決意を持ってフリード国へと来ていた。

脳裏に蘇るのは、二週間ほど前にあった婚約者とのお茶会である。

シャルリエ伯爵家で、かわいい婚約者と尊すぎる時間を過ごしたルシアンは、何と帰り道にそのままフリード国へと出発し、今こうして到着していた。

なぜこんなに急いだスケジュールを組んでいるのかというと、婚約者エステルとの面会は半年に一度と決められているからだ。

（エステル嬢に会ってからすぐに留学先へ出発すれば、半年間丸ごと時間が取れ、次の面会に間に合う。エステル嬢の体調が優れないなどの理由で面会が中止になることは仕方ない。だが、俺の事情で面会がなくなるのは絶対に嫌だ）

ルシアンの婚約者はエステルといい、この国の聖女であり伯爵家の令嬢である。

第二王子であるルシアンの結婚は当然ながら政略結婚だ。オリオール王国の慣習では、幼少期に婚約が整った場合、定期的に面会が設定されることになる。

しかし、多くの場合、その頻度は驚くほど低いものになる。

言うまでもなく、本人同士には何の意思も存在しない政略結婚だからだ。

――家同士が結びつきを深めればそれでいい。

そんな考えが元になっているのだから、そんな慣習に誰も異を唱えるものなどいない。

けれど、自分の婚約者がエステルだと知ったルシアンは全力で文句を言いたかった。

（ふざけるな。もっと彼女と話がしたい。半年に一度しか面会の機会がないなんて少なすぎる）

実は、ルシアンがエステルと会ったのは縁談の席が初めてではない。その数ヶ月前に行われたとあるお茶会で出会っているのだ。

その日、ルシアンは闇属性の魔力を持つことから周囲に遠巻きにされ、不貞腐れていた。そこへ無邪気に話しかけてくれたのがエステルだった。

ルシアンを王子とは気がついていないらしい彼女との時間は楽しかった。

まだ幼く、恋という感情を知らないはずのルシアンだったが、エステルが喜ぶ顔が見たくて、手作りのケークサレを全部食べてしまったほどだ。

（だから、婚約者としてエステルを紹介されたときは、とんでもなくうれしかったんだ）

しかし、婚約者にどう接するかは、兄王子や周囲の王族や貴族たちに倣うしかない。そして、ルシアンは残念な事実を知る。

――自分のように、婚約者に会う日のことを心待ちにしている者は誰一人としていない、と。

婚約してから何度目の面会日だっただろうか。エステルが風邪を引いて寝込み、半年に一度の面会がなくなってしまったことがあった。

当然、ルシアンは翌週に約束を取り付けようとしたのだが、国王である父や王太子の兄たちからひどく不思議そうな顔をされたし、シャルリエ伯爵家からも当たり前のように『半年後にお待ちしております』という手紙が届いた。

そのときに察した。オリオール王国での政略結婚とはこういうものなのだ、と。

この留学にあたり、ルシアンは並々ならぬ決意を持って臨んでいた。

（……まずはこの留学を完璧に終わらせよう。あの条件を突きつけたいのもあるが、これは、エステル嬢を守れる男になるための留学でもあるのだから）

我ながら重いとも思うが、エステルの存在こそがルシアンの原動力なのだから仕方がない。

ちなみに、エステルはルシアンの気持ちを一切知らない。まさか、品行方正な婚約者が自分のことを好きすぎることなど夢にも思っていないだろう。

（エステルの前ではもう少し冷静に振る舞わないと。こんなに好きだなんて知られたら、間違いなく引かれてしまう）

王城内に入り、国王陛下への謁見を済ませたルシアンは、敷地内の塔を訪れていた。

「ここが、フリード国で魔法の研究がされている特別な塔か。ものすごい魔力を感じるな」

雪と氷で覆われている王城だが、この塔と周辺だけは氷が溶けていて、地面に花が咲いていた。

塔の上部はとても高く、下から見上げているだけではその形状が確認できない。

それほどに空に近く、また様々な魔力を感じる場所だ。

荘厳な気配に何となく足を踏み入れられないでいると、声をかけられた。

「ルシアン殿下でいらっしゃいますね」

「！」

振り向くと、優しげで大きな体をした男性がいた。

半月型の茶色い二つの耳を頭に生やし、メガネをかけて魔力を纏わせたローブを身につけている。年齢は、初老ぐらいだろうか。

クマ獣人らしき彼は、熊という凶暴な動物のイメージからはかけ離れた穏やかな空気をまとい、笑みを浮かべていた。

「お話は聞いております。私はマトヴェイと申しまして、フリード国の宮廷魔法師です。今日から半年間、あなた様の監督官を担当させていただきます」

「監督官？」

「はい。オリオール王国の国王陛下より、ルシアン殿下に魔法をお教えするよう承りました。そのほか、日常のお世話もさせていただきます」

「ルシアンでいい。今日から俺はあなたの生徒だ」

ルシアンとマトヴェイでは身長差がある。睨むようにして見上げることになったが、ルシアンの答えを聞いたマトヴェイはさらに笑みを深めた。

「承知いたしました、ルシアン」

（――！）

あっさりと呼び捨てにすることを受け入れたマトヴェイに、ルシアンは好感を持った。

そうしてマドウェイの後について塔の中へと入っていく。

塔の一階は受付兼ライブラリーになっているようだった。突然現れた見慣れない少年の姿に、周囲はにわかにざわつく。

それは、ルシアンが見慣れない少年だからというだけではない。投げかけられる視線の半分は、マトヴェイの方を見ている。

監督役を引き受けた彼が、この塔の中で相応の地位を持ち尊敬されている空気を感じた。

（マトヴェイ先生が身につけているこのローブには火魔法の気配がある。高度な魔法を施して薄着でも暖かくいられるようにしているのだろう。恐らく、とても優秀な魔法使いだ）

塔の一階を抜け、階段を上り始めるとマトヴェイは聞いてくる。

「ルシアン。オリオール王国ではこのような魔法塔に出入りをされていたことはありますか？」

「いや。だが、一通りの魔法は習ってきたつもりだ」

そう答えるやいなや、数メートル先のマトヴェイから突風が飛んできた。

「！」

一瞬でそれが攻撃魔法だと判断したルシアンは、闇魔法で障壁を張った。

跳ね返すものではない。ここが屋内だということを考えて、勢いを消し攻撃ごと飲み込む特別な障壁だ。

狙い通り、突風はルシアンが出した闇属性魔法でできた障壁に吸収され、跡形もなく消えた。

魔法の気配が消えた後で、マトヴェイは特に驚くこともなく、人好きのする笑顔を浮かべる。

「……へえ。確かにそのようですね」

「マトヴェイ先生は意外と人が悪いんだな。人は見かけによらないということか」

「ルシアンは見かけ通りですね。このわずかな間で、この場面に最も適した障壁を選んで展開しました。知識があり頭の回転も早く、それでいてきちんと研鑽を積んできている。十三歳の少年が来ると聞いて、いくら王族でもまだ我が国への留学は早いのではと思いましたが、そうでもないようです」

そう言って笑ったマトヴェイはまた階段を上り始める。一応は警戒したものの、もう唐突に攻撃魔法が飛んでくることはなかった。

塔の中は見た目よりもはるかに広く、大勢の獣人たちが働いていた。階段を上へ上へと上りながら説明を受ける。

「この塔では常時五十人以上の魔法使いが研究をしています。下層は一般にも公開されていますが、ルシアンが今から行く上階は選ばれた者しか入ることができません」

「だからさっき俺を試したのか」

「ははは。許してください」

そんな会話をしながらたどり着いたのは、塔の上階にある研究室のような場所だった。

たくさんの本が詰まった本棚と、机の上に広げられたままの魔法書。書きかけの論文に、魔力の気配がする何枚かのローブ。

窓の外に見える空は、見慣れたものよりも幾分近い気がした。

「ここが私の研究室です。半年の間、あなたと一緒にここで研究をし、望む魔法を与えることを誓いましょう」

「望む魔法って」

あまりにもマトヴェイが自信たっぷりに言うので、ルシアンは困惑した。

ルシアンが持つ魔力の属性は『闇』で、極めて珍しいものだ。

現時点でオリオール王国ではルシアン以外に闇属性魔法を使える者はいない。

ここに来たのも、闇属性魔法を強化するというよりはもう一つ持っている属性の『水』の応用を学ぶためだった。

ルシアンの困惑を感じ取ったらしいマトヴェイはニコリと微笑む。

「我が国には闇属性魔法持ちの魔法使いが比較的多いですから。あなたは自分のメインの属性を伸ばすことをあまり期待していないようですが、学ぶことは多いはずですよ」

「……」

図星を指されて目を泳がせると、あたりに黒いモヤが漂っていることに気がついた。

（これは……）

自分の魔力の気配ではない。となると。

慌ててマトヴェイに視線を戻せば、彼は手を差し出して手のひらを上に向けた。

そこに黒いモヤが一気に集まり、不思議な形を作っていく。それは次第に大きくなって、ルシアンの顔と同じぐらいのサイズになった。

そして、そのモヤはついに正座した。

「こんにちは、ルシアン様」

急にそのモヤが喋りかけてきたので、ルシアンは目を瞬く。

よく見ると、そのモヤは真っ黒ではなかった。焦げ茶色をしていて、丸い二つの耳と垂れた目がついていて、首のところには赤いリボンが飾られている。

「熊の……ぬいぐるみか？」

「私の使い魔のププです。子熊のような見た目をしていますが、いざというときはきちんと人型になります。私が十三歳のときからの相棒ですよ」

（――十三歳）

今の自分と同じ年齢でマトヴェイが使い魔を生み出していたことに、ルシアンは驚いた。

使い魔といえば、高位の魔法使いだけが召喚できる特別な相棒だからだ。

「十三歳で使い魔を生むことは可能なのか」

「もちろん。特に優れた属性と、研鑽と、才能があれば」

驚きを隠せないルシアンに、ププは短い手足をめいっぱい使って挨拶してくる。

「私はマトヴェイ様の魔力でできた相棒です。とはいっても、最近はほとんど力を出すことができませんが……。それでも私を消さないでいてくれるマトヴェイ様の忠実なしもべです」

（最近はほとんど力を出すことができない……？）

引っかかったが、詳しく聞くことは許されなかった。マトヴェイが、ルシアンの最も知りたいことを口にしたからだ。

「――あなたの年齢で使い魔と契約ができれば、口うるさい教育係だってどんな願いも聞き入れてくれるようになりますよ、きっと」

「！　教えてくれ、それを」

「いいでしょう。ですが、まずは基礎のお勉強から始めましょうか」

その日から、ルシアンはマトヴェイの研究室に入り浸ることになった。

ルシアンは品行方正かつ頭脳明晰で、あらゆることをそつなくこなすタイプだ。この留学に備えて十分に準備をしてきたはずだったが、それでもマトヴェイの下についてしまえば知らないことは多く、驚いた。

午前中はマトヴェイが宮廷魔法師の仕事をこなすのを見守りながら、魔法書や魔法理論の書物を読んで知識を積む。

午後になれば、演習場などを借りて魔法の訓練に打ち込んだ。マトヴェイが言っていた「基礎のお勉強」はどれも本当に基礎なのかと聞き返したくなるほどの難しさ。

（普通、こういうときの「基礎」って本当に基礎なんじゃないのか）

そんな疑問が何度も脳裏に浮かんだが、願いを叶えるためだ。むしろ、何の問題もないどころか望み通りの留学生活に、ルシアンは満足していた。

王族として留学したルシアンの私室には王宮の中の客間があてがわれたが、ルシアンがそこへ戻ることはほとんどない。

塔の最上階にあるマトヴェイの部屋のベッドは、巨大な二段ベッドだった。普段はププが寝ているらしいその上段でルシアンは休み、魔法を覚えることに没頭した。

ちなみに、枕の下にはエステルの写真を隠してある。絶対に見られたくないので、写真立ての中は二重構造にしてあった。

マトヴェイの部屋は、塔の中だというのに清潔に保たれていて、バスルームやダイニングスペースなど、生活に必要なものがきちんと揃っている。

オリオール王国の王族として育ってきたルシアンが不便を感じることがない程度には快適な環境。毎朝、塔のてっぺんから直接降り注ぐ太陽の光は眩しい。

(……この光を見たら、エステル嬢は眩しいと目を細めるだろうか。それとも、空の青さに感激するのだろうか)

フリード国に来て一か月ほど。ルシアンは朝食のパンが載ったお皿を前に、考え事をしていた。脳裏に浮かぶのは、決まってエステルのことだ。

いつもは半年に一度しか会えないことに慣れているはずなのに、遠く離れた外国にいるのだと思うと、さらに想ってしまう。

(頭の中を誰にも見られなくて、本当によかった。もしそんな魔法があったら羞恥で死ねる)

そんなことを考えているルシアンの前で、マトヴェイが『丸パン』にはちみつをたっぷりかけて食べている。信じられない光景だった。

(ひき肉と野菜を炒めたものをパン生地に包んでコーンフレークをまぶし、油で揚げたフリード国の名物だよな、これ……)

それにはちみつをかけるとは、何度見てもルシアンには理解し難い。しかし、ここに到着した翌朝から見続けている、驚愕の食べ方である。

いつもの朝食を満足そうに食べ終えたマトヴェイは、空になったお皿に魔法で氷を出す。

カラン。部屋に響いた涼しげな音は、ルシアンを学びの世界へと連れ戻すのに十分だった。

（……氷魔法）

水属性魔法から派生した特別な魔法に驚いているルシアンには触れることなく、マトヴェイは穏やかに聞いてくる。

「この世界で、一番多くの人間が適性を示す属性は何か知っていますか」

「火だ」

「その通りです。では、一番少ない属性は何か知っていますか」

「闇、そして光か」

「それもその通りですね。オリオール王国ではそうではないようですが、希少価値が高いその二つの属性は迫害の対象となりうることもあります。ですから、ルシアンのように闇属性の魔力持ちは、普段は別の属性魔法を多く使うべきでしょう」

「マトヴェイ先生もだな」

そう問いかけると、マトヴェイはにっこりと笑った。まるで孫に向けるような優しい微笑みだ。

（この人は、こういうところがある）

初対面でいきなり攻撃魔法を放ってきたこととのあまりのギャップに戸惑ってしまう。

（マトヴェイ先生は、少なくとも四つの属性を持っている。闇、火、風、水……。しかも、闇属性については攻撃魔法だけでなく補助魔法の類も得意とみえる。どうして隣国からの留学生の監督官になどなったのだろうか）

身体能力が特に高いことで知られるフリード国の国民の中でも、マトヴェイは間違いなくトップに位置する魔法使いのはずだ。

そんな重要な人物がなぜルシアンを教えてくれることになったのか。

いくらルシアンが王子で、丁重に扱わないといけない相手だとしても限度があるだろう。

突然属性の話になったことがどんな話題に関係するのか読みきれないルシアンに、マトヴェイは笑って話し始めた。

「賢いルシアンは、私がなぜこんな話を始めたのか不思議でしょう？　実は大昔、友人にとても優秀な魔法使いがいたんですよ。私と同じクマ獣人の女の子で、闇属性の魔力持ちでした」

「同世代に二人も闇属性使いが？」

あまり聞いたことがない状況に聞き返すと、マトヴェイは懐かしそうに目を細めた。

「はい。さすがに、我が国でもめずらしいことでした。私はこの魔法塔で魔法の研究をする仕事に就き、彼女は国王陛下直属の魔法使いとして徴用されました。……そして、彼女は主人に命じられて闇属性魔法だけに存在する『禁呪』を使ったようです」

「禁呪」

存在は知っているものの、絶対に使ってはいけない禁忌の魔法だ。

俄かに緊張感を高めたルシアンだが、マトヴェイは懐かしそうに続ける。

「禁呪には呪い返しという代償がつきものです。当然、彼女も呪い返しに襲われました。闇属性魔法の中でも補助魔法を得意としていた私は、彼女に頼まれて呪い返しを解きました。だが、彼女は変わってしまった」

「変わったとは？」

「本人だけ禁呪を使う前に戻った、とでも言えばいいのでしょうか。全ての歯車はそこから狂い始めました。……いいえ、命じられて人知れず禁呪を使っていた時点でもうおかしくなっていたのかもしれません」

その口調からは、その友人はもうマトヴェイのそばにいないことを感じさせる。

（禁呪が人生を狂わせた、ということか）

さっきまで穏やかな笑みを浮かべていたマトヴェイは悲しそうな表情になり、ため息をつく。

「ルシアンはオリオール王国に戻れば、きっと歴史に名前を残す魔法使いになることでしょう。ですが、特別な属性を普段から使い慣れていると、『禁呪』との距離も近くなる。注意が必要です。私の友人も、闇属性魔法ではなく、別の属性をメインで使うべきだった。そうすれば、国王陛下直属の魔法使いになることはなく、あのようなことにはならなかったはずだ」

マトヴェイの口調は穏やかだが、表情には影が落ちている。その友人に関わる、とても悲しい思い出があることが想像できた。

「つまり、俺が持っているもう一つの属性―水属性を普段から使えと。そういうことか」

「さすがオリオール王国の優秀な王子様ですね。理解が早い」

マトヴェイはそう言うと、部屋にある冷凍庫からデザートのグラニテを取り出した。

これはフリード国でとても一般的な氷菓子で、食事やティータイムのたびに出てくる定番のメニューだ。

マトヴェイははちみつレモン味のそれを常備していて、ことあるごとにルシアンに食べさせてくれる。

初めは子ども扱いされているのかと思ったが、自分も一緒に食べているところから察するに、ただ単に甘いものが好きなのだろう。

そして、ルシアンの前に置くと微笑む。

「ここに来て一ヶ月、あなたは十分に基礎を覚えました。次の段階に進むべきです。ルシアンが持つ属性を踏まえると、氷魔法を扱えるようになることが次の目標です」

「わかった。指導を頼む」

（きっと、氷魔法を覚えて帰ることは大きな成果になる。もしかしたら、あの願いも聞き入れられるかもしれない）

頭を下げてから視線を戻すと、そこには「ところで」とでも言いたげなマトヴェイの興味津々な顔がある。

「さっきもでしたが――ルシアンは時折、さみしげな顔をしていますね。ホームシックですか？」

「！　そんな。俺はただ、婚約者――」

そこまで話してしまったことに気がついて、慌てて口を閉じた。

けれど、少し遅かったようだ。

「へえ。ルシアンには婚約者がいるんですか」

垂れ目を瞬かせ、頷きながら顔を近づけてくるマトヴェイの姿にしまった、と思う。

「……それは、いるだろう、まぁ」

「どんな方ですか？」

「……無邪気で……優しくて、かわいい、な」

おずおずと話せば、マトヴェイは目を輝かせる。護衛騎士との秘密の恋の話で盛り上がるどこその令嬢か、と突っ込みたくなるほどの興味の示しようだ。

「なるほど。あなたの婚約者ですから、政略結婚のお相手と予想していましたが……どうやらそうではないようだ」

「……なぜわかる」

「ルシアンの全身から、彼女に会いたいという感情が読み取れますので」

「！」

できるだけ動揺を見せずにやりすごしたかったのに、思わず目を泳がせてしまった。

(俺はここに勉強に来ているのに、なぜ関係ない話をしているんだ)

そうは思いつつ、否定することはなかった。

オリオール王国ではこんなことを話すことは絶対にないのだが、マトヴェイの柔らかい空気に、思わずなんでも話してしまいそうになるし、何より、誰かにエステルの話を聞いてほしい気分だったのだ。

（誰かにエステルのことを話したのは初めてかもしれないな）

そんなことを考えていると、楽しそうにルシアンを見つめていたマトヴェイは笑う。

「とても冷静で器用に見えるあなたが、どうしてこんなにガツガツと魔法を学んでいるのか大変不思議だったんです。ですが、わかりました。彼女のためなのですね」

「……そうだ」

ここまで知られてしまったのだ。開き直ったルシアンは、まだ誰にも話したことがない望みを話すことにした。もちろん、エステルに関わることである。

「彼女は近い将来、オリオール王国の聖女になる。彼女をどんなものからも自分の手で守りたいし、彼女に恥じない男になりたい」

「ほぉう。素晴らしいことです」

「あと」

「あと？」

付け加えようとした自分も自分だが、突っ込んで聞いてくるマトヴェイは初老の監督官とは思えなかった。けれどやはり、エステルの話をできる相手に飢えていたルシアンは話してしまう。

「……彼女との面会を半年に一度から月に一度に増やしたくて。そのために、明確な成果を上げる必要がある」

「おー！」

パチパチと拍手をされて、気恥ずかしくなる。

すっかり師のペースに巻き込まれてしまったようだ。

しかしオリオール王国では、『政略結婚の相手に必要以上に情を示すのは品がない』という風潮がある。こんな反応をされるとは思ってもみなかったので、何と返せばいいのかわからない。

あっさりと受け入れられてしまったことへの動揺が消せないでいるうちに、マトヴェイはまた笑う。

「やはり、ルシアンは使い魔を召喚しなければいけませんね。国に帰ったら、かわいい婚約者の話を聞いてくれる人はいなくなりますから。できるだけ早く使い魔を生み出せるよう、あと五ヶ月間、必死に魔法を身につけましょう」

完敗だった。


それから五ヶ月の間、ルシアンは必死に魔法を学んだ。

時折、マトヴェイはエステルの話を詳しく聞きたがる。聞かれたのだから、とついルシアンも話してしまう。

師との会話はいつも楽しく穏やかだった。けれど、エステルが光属性の魔力持ちだと知ったときだけ、マトヴェイの表情が曇った。

「その、エステル嬢は闇属性ではなく光属性の魔法を使う聖女なのですね。……我が国の王族で一人、心配な子がいます。フリード国の王族は一夫多妻制をとっています。その環境下で生まれた子どもの中に、遠い親戚に光属性持ちの魔法使いがいた子がおりましてね」

「それはいけないことなのか？」

ルシアンの問いにマトヴェイははっきりと答えなかった。

「……いえ。それにまだ、彼が光魔法の使い手だと決まったわけではありません。ですが、万が一そうだった場合に、誰か彼を守ってあげられたらいいのですが」

「マトヴェイ先生がその役を担えばいいのでは？　その彼がまだ幼かったとしても、先生もまだまだ現役だ」

心底不思議な思いで首を傾げたところで、使い魔のププがティーポットを持ってやってくる。子熊のような姿でティーポットを運んでいるため、どう考えても不格好だし大変そうだった。

「ルシアン殿下、紅茶のおかわりはいかがですか？」

「ありがとう。いただこう」

「はーい。それでは、失礼して」

ププが空になったティーカップに紅茶を注ぎ、黄金色の液体がなみなみと満たされる。

使い魔といえば、人間の姿と動物の姿を自在に行き来する存在だと思っていた。

けれど、ププはルシアンがここに来てからずっと、クマのぬいぐるみのように愛らしい姿をしていた。人間の姿になったことも、魔法を使うところも見たことがない。

（マトヴェイ先生の使い魔なら、相当に強いはずではないのか）

そんな疑問を抱いたものの、詳しく追求することはなかった。

なぜなら、明日はオリオール王国から教育係が迎えにくるのだ。

そして十日間ほどかかる帰り道の最後に、シャルリエ伯爵家に寄ることになっている。

（エステル嬢に会えるまでもう少しだ。そのためにも、絶対に教育係の試験を突破したい）

そんなことを考えるばかりだった。

「ルシアンは明日の迎えを相当に楽しみにしているようですね」

「……まぁ、それはそうだろう」

「帰り道に『エステル嬢』との面会が待っているんですもんね。さぞかし楽しみなことでしょう」

「ルシアン殿下、帰っちゃうんですね」

そう話すマトヴェイとププはどこか寂しそうだ。

けれど、ルシアンにとっても、半年間を一緒に過ごした師との別れはさみしい。

「エステル嬢に会えるのはとてもうれしいが、マトヴェイやププと会えなくなるのは残念だ。もちろん、明日の試験を突破することが条件だが……ここまで本当に世話になった」

頭を下げると、マトヴェイは穏やかに微笑んだのだった。

「ルシアンは本当によくやりました。きっと、明日迎えにくる教育係の方も成長ぶりに大変驚くことでしょう。私も楽しみです」


次の日。半年前に、ルシアンに「半年だけの留学ではほとんど成果は上がらないのではないかと思いますけれどね」と言いながら置いて行った教育係がフリード国の王城まで迎えに来た。

「ルシアン殿下、随分とご成長をされたようで」

「身長の話じゃない」

まるで揶揄うような視線と言葉に、ルシアンは顔を引き攣らせた。

この教育係との相性は、正直なところあまり良くない。兄である王太子を優秀に育て上げた実績を買われてルシアンの教育係に選ばれたらしいが、どこか子ども扱いが抜けないのだ。

（マトヴェイの子ども扱いはいつもデザートにグラニテを準備したり、婚約者の話を詳しく聞き出そうとすることだったが……そっちの方がずっといい）

魔法塔の前、微妙な空気を漂わせるルシアンと教育係の間に、マトヴェイが入ってくれる。

「これはこれは。遠いところからご苦労様なことで」

「マトヴェイ卿」

ちらりとマトヴェイを見て、呼びかけた教育係は続ける。

「今日でご引退されると聞いております。最後に我が国の第二王子を見ていただけて大変光栄でした。私からもお礼を申し上げます」

（……!?）

聞いていなかった情報に、息を呑む。

「引退……？　誰がだ」

「こちらの、マトヴェイ卿です。魔力が減少していく病に罹っていて、近日中に引退されると。

大変に経験豊富な宮廷魔法師ということで、本来ならば他国からの留学生の監督官を務めるようなお方ではないのですが、今回は特別にと」

「何だと」

「……お聞きでなかったのですか」

「聞いていない」

　信じられない思いでマトヴェイを見ると、彼は決まりが悪そうに頭をぽりぽりと掻いて笑った。

「お伝えするのを忘れていました」

「魔力が減少していく病とは何だ」

「そのままの言葉の意味です。今のところは普通に魔法が使えますが、これ以上減少すると宮廷魔法師としての基準値を下回ってしまいます。ですから、最後に留学生の面倒を見た後、引退すると決めていました」

「……そん、な……」

　王族として敬われ大切に扱われるばかりで、何も知らずにのほほんと過ごしていた自分に腹が立つ。

　呆然としていると、教育係が聞いてくる。

「それで。ルシアン殿下はどんな成果を得たのでしょうか？　私が納得できるものでなければ、マトヴェイ卿の引退も延びてしまいますが」

「氷魔法だ」

　そう告げると、教育係は首を傾げた。

「闇属性魔法は学ばれなかったのですか？」

「学ばなかったということではない。だが、はっきりと身につけたのは氷を操る魔法だ」

「確かに、殿下が二つの属性を操ることはとても珍しく秀でた部分です。ですが、」

　おそらく、教育係はわかりやすく闇属性魔法での成果を見せろと言っているのだろう。

　けれど、この半年間でマトヴェイの教えに納得していたルシアンは、受け入れるわけにはいかない。

（マトヴェイが引退するのなら尚更だ。彼の教えを守って、試験をクリアしたい）

　そんな思いで、手を前に差し出す。

「――――！」

　すると、氷の盾がルシアンと教育係の間に現れた。ルシアンが闇属性魔法で作る盾は、初日にマトヴェイの前で見せた黒いモヤでできた盾だ。

　強度や展開範囲を自在に操れる一方で、どうしても魔法以外の物理的な攻撃には弱くなる。

　けれど、氷の盾はそうではない。

（これなら、いざというときは咄嗟にでもエステルを守れる）

　大きな氷の盾を見上げた教育係は感心したように頷く。

「なるほど。これはすごいですね。氷魔法と仰るので、てっきり生活を補助する類のものかと」

「俺が何のために半年間も留学したと思っているんだ」

「ですが。想定とは違う方向での研鑽を積まれたようですので、どう判断するべきかと」

馬鹿にしたような言い方に、マトヴェイまで軽く見られた気がした。

一気に怒りが頂点に達したルシアンは、氷の盾を出すために差し出していた手を上に向ける。

そこに魔力を集中させた。闇属性魔法を使うとき独特の、黒いモヤが辺りに漂い始める。

「一体何をなさるのですか？」

教育係の問いかけを無視してそのまま魔力を掌に集めていく。

（自慢ではないが、俺は魔力量がかなり豊富な方だ。それなのに、こんなにキツいのか）

この半年の間に、ルシアンはマトヴェイに『使い魔の召喚方法』を聞いた。

マトヴェイは具体的な手順を教えてはくれたものの、「もう少し研鑽を積んでからですね。現状、成功率は半分といったところでしょうか。それに、まだ体への負担が大きすぎます」と微笑むばかりだった。

ルシアンが何をしようとしているのか気がついたらしい、マトヴェイの慌てたような声が響く。

「おやめください。叶えたい希望があるのでしょう。試験で失敗しては、この半年のルシアンの頑張りが無駄になります」

「黙っていろ」

そう告げて、さらに魔力を集中させると、手のひらの上に黒い塊のようなものができてきた。

これは明らかにモヤではない。そのまま魔力を注ぎ続けると、ふかふかの感触があった。

（もしかして……）

期待に胸を膨らませたところで、寝息が聞こえてきた。

ルシアンの両手の上に何かがいる。けれど、ぐうぐうと寝ているのだ。

「これは……黒猫ですね」

酷く驚いた様子のマトヴェイが駆け寄ってくる。

そうしてルシアンの手の上で眠る黒猫を覗き込み、声を漏らした。

「非常に魔力が強く、能力や知力も高い使い魔です。素晴らしい。召喚成功、おめでとうございます」

「俺は成功したのか」

「はい。しかも、この使い魔なら、ルシアンに末長く寄り添ってくれることでしょう。眠っているのは、まだ生まれたばかりだからです。あと一ヶ月ほど――フリード国に戻って生活が落ち着く頃には目を覚まして、ルシアンのために働いてくれることでしょう」

「……！」

マトヴェイの言葉にうれしくなった。

相応の成果として認められるであろう、使い魔の召喚が叶ったからではない。師の名誉を守ることができ、かつ、師と同じような話し相手が思いがけずできたからだ。

その証拠に、教育係は氷の盾の向こう側で口をぽかんと開けている。

「十三歳での使い魔の召喚は……オリオール王国では例がありません。歴史を遡っても同じことでしょう」

これで、ルシアンの願いは無事に叶いそうである。

ホッとしたところで、マトヴェイが真剣に告げてくる。

「いいですか。大切な人がいるのですから、全力で守って差し上げるのですよ。ルシアンにはそれだけの能力があります。私は、闇属性魔法のことは使い魔を生み出すこと以外、ほとんど教えませんでした。禁呪を使うようなことになる前に、何とかしてほしいからです」

「……感謝する」

握手のために手を出せば、マトヴェイは大きな手ですぐに包み込む。

「私は、この後塔を出て田舎に帰ります。きっと、余生は魔法を使わない暮らしになることでしょう。魔力が完全に消えてしまったら、ププも消えます。それだけは避けたいですから。いつか、遊びに……いいえ、手紙をください。これでも宮廷魔法師だったというプライドはあります。魔法が使えなくなったところを、最後の弟子に見られたくはありませんから」

照れを隠すように、垂れ目を細くして笑うマトヴェイの姿に胸が痛くなった。

(彼は全てを受け入れている。俺がすべきことはマトヴェイに追い縋ることではない)

腕の中で眠っている、黒猫を抱く手に力が入る。

そうして別れを告げたルシアンは、オリオール王国への帰路についたのだった。


それから、十日ほど後のこと。

ルシアンは、半年振りの婚約者との面会を堪能していた。

目の前のエステル・シャルリエは可憐に微笑み、ルシアンが道中で買ってきたお菓子に目を輝かせている。

「珍しいお菓子ですね。異国のものでしょうか」

「そのようなものだ」

「……私にも作れるかしら？」

「作る？」

「！　いえ、その、何でもありませんわ……！」

あわあわと顔を隠す仕草がとんでもなくかわいい。

（もしかして、俺がフリード国から戻るのを待っていたんじゃないか？　いや、留学したことは伝えていないが……半年に一度の面会を心待ちにしていてくれたのかもしれない）

そんな都合のいい勘違いをしそうになる。

できるだけ冷静な表情を保ちつつも、心の中の賞賛と喜びはどうしても止まらない。人の心の声を聞く闇属性魔法がこの世に存在しなくてよかった、と改めて思ったところで、ルシアンは切り出した。

「エステル嬢。今日は俺から提案がある」

「？　はい、どんなことでしょうか？」

きょとんと首を傾げ、目を丸くしてこちらを覗きこんでくるエステルの姿に、心臓が撃ち抜かれそうだった。

（かわいい……ってそうじゃない。俺は、このかわいい姿を見る回数を増やすために半年間頑張ったんだ）

フリード国の師である、マトヴェイの顔が思い浮かぶ。

恋の話を喜んで聞いてくれた優しい笑顔に背中を押されて、ルシアンは切り出した。

「俺たちの面会だが、頻度を上げたい」

「頻度を上げる、とは……半年に一度だったのを二度にするということでしょうか？」

「違う」

思わず素で突っ込んでしまった。それではほとんど上がっていないではないか、と言いたいがエステルは本気で不思議そうにしていた。

自分の気持ちの方が遥かに大きいことを察してほんの少しだけ凹みつつ、続ける。

「面会の頻度を月に一回にしたい」

「月に一回お会いできるようになったら……もう少しいろいろなお話ができるということですね？」

「まぁ、そうだな」

「……それは。うれしいです」

可憐な笑みだった。

社交辞令なのかもしれないが、愛らしく笑う姿を見ていると、エステルを抱きしめたい気持ちになる。けれど、それはまだ許されない。

（あと数年……長くても十年程度の辛抱だ）

そんなことを思いながら、願いが叶った喜びを噛みしめる。

教育係の前での使い魔召喚に成功したルシアンは、ほかの教育係を説得してエステルとの面会の頻度を上げることに成功した。

（頑張ってよかった）

この半年間を思い返しながら、目の前のかわいい婚約者を見つめる。

エステルはルシアンが凝視していることには気がついていないようで、手土産に持ってきたお菓子を小さな口でもぐもぐ食べていた。

（今日の日のエステルのことを、マトヴェイへの手紙に書こう）

十三歳のルシアンは、エステルを守り大切にすることを誓ったのだった。

あとがき

こんにちは、一分咲です。

この度は『顔だけ聖女なのに、死に戻ったら冷酷だった公爵様の本音が甘すぎます！』第二巻をお手に取ってくださりありがとうございます。


まずは、続きを読みにきてくださりありがとうございます！　たくさんの本がある中で『顔だけ聖女』のことを覚えていていただき、続刊をお手に取っていただけたことがすごくうれしいです。


そして、一巻を読んで感想をくださった皆様、本当にありがとうございます〜〜！

普段、感想をたくさんいただくタイプの作家ではないのでびっくりしました。

マシュマロなどで『読んでるこっちが恥ずかしかった』というもっともなお声を多くいただき、にこにこしながら楽しく書いた二巻です。


引き続き本音が隠せないルシアンが気の毒すぎる第二巻は、エステルと一緒に旅行編になりました。

エステルのいろいろな姿が見られたり、一緒にたくさんの時間を過ごせたりして、ルシアンにとってはご褒美の第二巻になったのではないかなって思っています。

エステルの方もルシアンの扱いを覚えてきて、いい感じに放置できるようになってきていますね。

そして、これだけ本音が口から漏れているのに、エステルが本気で不快になるようなことを言わないルシアンのノーブルさは本当に王子様だなぁとも思います。

今回も八美☆わん先生が素敵なイラストを描いてくださいました！

エステルとルシアンが美しすぎて、ずっと幸せに浸りながら作業をしていました。

しかも寒い国という設定だったので、挿絵でエステルが着ているドレスにファーが使われていたりして、衣装がとんでもなくかわいくなっています！

新キャラのリーナとスレヴィも大変に愛らしく、目が幸せな一冊にしていただきました。

一巻以上に華やかなイラスト、ぜひご覧になってください……！

また、前巻のあとがきではお知らせしなかったのですが、本作はコミカライズ企画が進行中です！　あまり遠くない時期に詳細をお知らせできるのではないかなと思っています。

とても素敵に進行していただいているので、期待してお待ちいただけるとうれしいです。私もすごく楽しみです。

最後になりましたが、本作に関わってくださったすべての皆様にお礼を申し上げます。

読者様、美麗なイラストで彩ってくださった八美☆わん先生、担当編集様、出版社の皆様、書店様、ほか、本作を支えてくださるすべての皆様、本当にありがとうございます。

特に今回、担当編集様には本当にご迷惑をおかけしました。とても痺れるスケジュールになってしまいましたが、励ましがとても心強かったです。いろいろとご調整くださって本当にありがとうございました。

いいことも悪いことも、日々いろいろなことがあります。そんな日常の中で、私のお話が少しでも皆様の癒しや楽しい時間のきっかけになっていたら、物書きとしてこれ以上の幸せはないなぁと思います。

またお会いできますことを願って。

一分咲

本書に対するご意見、ご感想をお寄せください。

あて先

〒162-8540 東京都新宿区東五軒町3-28
双葉社　Mノベルス f 編集部
「一分咲先生」係／「八美☆わん先生」係
もしくは monster@futabasha.co.jp まで

顔《かお》だけ聖《せい》女《じよ》なのに、死《し》に戻《もど》ったら冷《れい》酷《こく》だった公《こう》爵《しやく》様《さま》の本《ほん》音《ね》が甘《あま》すぎます！②

2024年４月13日　第１刷発行

著　者　一《いち》分《ぶ》咲《さき》

発行者　島野浩二

発行所　株式会社双葉社

〒162-8540　東京都新宿区東五軒町３番28号

［電話］03-5261-4818（営業）　03-5261-4851（編集）

http://www.futabasha.co.jp/（双葉社の書籍・コミック・ムックが買えます）

印刷・製本所　三晃印刷株式会社

［電話］03-5261-4822（製作部）

ISBN 978-4-575-24735-0 C0093